ध्रुवस्वामिनी

जयशंकर प्रसाद

हिन्द पॉकेट बुक्स
पेंगुइन रैंडम हाउस इम्प्रिंट

हिन्द पॉकेट बुक्स

यूएसए। कनाडा। यूके। आयरलैंड। ऑस्ट्रेलिया। सिंगापुर
न्यू ज़ीलैंड। भारत। दक्षिण अफ्रीका। चीन

हिन्द पॉकेट बुक्स, पेंगुइन रैंडम हाउस ग्रुप ऑफ़ कम्पनीज़ का हिस्सा है,
जिसका पता global.penguinrandomhouse.com पर मिलेगा

पेंगुइन रैंडम हाउस इंडिया प्रा. लि.,
चौथी मंजिल, कैपिटल टावर -1, एम जी रोड,
गुड़गांव 122 002, हरियाणा, भारत

पेंगुइन
रैंडम हाउस
इंडिया

प्रथम संस्करण हिन्द पॉकेट बुक्स द्वारा 1996 में प्रकाशित
यह संस्करण हिन्द पॉकेट बुक्स में पेंगुइन रैंडम हाउस द्वारा 2022 में प्रकाशित

10 9 8 7 6 5 4 3 2

ISBN 9789353492571

मुद्रकः रेप्रो इंडिया लिमिटेड

www.penguin.co.in

FSC
www.fsc.org
MIX
Paper from
responsible sources
FSC® C047271

This is a legitimate digitally printed version of the book and therefore might not
have certain extra finishing on the cover.

पात्र-सूची

ध्रुवस्वामिनी

मन्दाकिनी

कोमा

चन्द्रगुप्त

रामगुप्त

शिखरस्वामी

पुरोहित

शकराज

खिंगिल

मिहिरदेव

सामन्त-कुमार, शक-सामन्त, प्रतिहारी, प्रहरी, दासी, कुबड़ा, बौना, हिजड़ा, नर्त्तकियां।

एक

(शिविर का पिछला भाग/उसके पीछे प्राचीर जैसी पर्वतमाला है/शिविर का एक कोना दिखाई दे रहा है जिससे सटा हुआ चन्द्रातप टंगा है/मोटी-मोटी रेशमी डोरियों से सुनहले कामों वाले परदे खम्भों से बंधे हैं/दो-तीन सुन्दर मञ्च रखे हैं/चन्द्रातप और पहाड़ी के बीच छोटा-सा कुञ्ज, पहाड़ी पर से एक पतली जलधारा उस हरियाली में बहती है/झरने के पास शिलाओं से चिपकी हुई लता की डालियां पवन में हिल रहीं हैं/दो-चार छोटे-बड़े वृक्ष, जिन पर फूलों से लदी हुई सेवती की लता छोटा-सा झुरमुट बना रही है/शिविर के कोने से ध्रुवस्वामिनी का प्रवेश/पीछे एक

लम्बी और कुरूप स्त्री चुपचाप नंगी तलवार लिये आती है।)

ध्रुवस्वामिनी–(सामने पर्वत की ओर देखकर) सीधा तना हुआ, अपने प्रभुत्व की साकार कठोरता, अभ्रभेदी-उन्मुक्त शिखर! और, इन क्षुद्र कोमल निरीह लताओं और पौधों को-इसके चरण में लोटना ही चाहिये न! **(साथ वाली खड्गधारिणी की ओर देखकर)** क्यों मन्दाकिनी नहीं आई? **(उसे चुप देखकर)** बोलती क्यों नहीं? यह तो मैं जानती हूं कि इस राजकुल के अन्तःपुर में मेरे लिए न जाने कब से नीरव अपमान सञ्चित रहा-जो मुझे आते ही मिला-किन्तु क्या तुम-जैसी दासियों से भी वही मिलेगा? इसी शैलमाला की तरह मौन रहने का अभिनय तुम न करो, बोलो! **(वह दांत निकालकर विनय प्रकट करती हुई कुछ और आगे बढ़ने का संकेत करती है)** अरे, यह क्या, मेरे भाग्य-विधाता! यह कैसा इन्द्रजाल? उस दिन राजमहापुरोहित ने कुछ आहुतियों के बाद मुझे जो आशीर्वाद दिया था, क्या वह अभिशाप था? इस राजकीय अन्तःपुर में सब जैसे एक

रहस्य छिपाये हुए चलते हैं, बोलते हैं और मौन हो जाते हैं। **(खड्गधारिणी विवशता और भय का अभिनय करती हुई आगे बढ़ने का संकेत करती है)** तो क्या तुम मूक हो? तुम कुछ बोल न सको, मेरी बातों का उत्तर भी न दो, इसलिए तुम मेरी सेवा में नियुक्त की गई हो! यह असह्य है। इस राजकुल में सम्पूर्ण मनुष्यता का एक भी निदर्शन न मिलेगा क्या? जिधर देखो कुबड़े, बौने, हिजड़े, गूंगे और बहरे हैं।

{चिढ़ती हुई ध्रुवस्वामिनी आगे बढ़कर झरने के किनारे बैठ जाती है/खड्गधारिणी भी इधर-उधर देखकर ध्रुवस्वामिनी के पैरों के समीप बैठती है।}

खड्गधारिणी–(सशंक चारों ओर देखती हुई) देवी, प्रत्येक स्थान और समय बोलने के योग्य नहीं होते। कभी-कभी मौन रह जाना बुरी बात नहीं है। मुझे अपनी दासी समझिये। अवरोध के भीतर मैं गूगी हूं। यहां सन्दिग्ध न रहने के लिए ऐसा ही करना पड़ता है।

ध्रुवस्वामिनी–अरे! तो क्या तुम बोलती भी हो? पर यह तो कहो, यह कपट-आचरण किस लिए?

खड्गधारिणी–एक पीड़ित की प्रार्थना सुनाने के लिए! कुमार चन्द्रगुप्त को आप भूल न गई होंगी।

ध्रुवस्वामिनी–(उत्कण्ठा से) वही न, जो मुझे बन्दी बनाने के लिए गये थे?

खड्गधारिणी–(दांतों से जीभ दबाकर) यह आप क्या कह रही हैं? उनको तो स्वयं अपने भीषण भविष्य का पता नहीं। प्रत्येक क्षण उनके प्राणों पर सन्देह करता है। उन्होंने पूछा है कि मेरा क्या अपराध है?

ध्रुवस्वामिनी–(उदासी की मुस्कुराहट के साथ) अपराध! मैं क्या बताऊं? तो क्या कुमार भी बन्दी हैं?

खड्गधारिणी–कुछ-कुछ वैसा ही है देवि, राजाधिराज से कहकर क्या आप उनका कुछ उपकार कर सकेंगी?

ध्रुवस्वामिनी-भला मैं क्या कर सकूंगी? मैं तो अपने ही

प्राणों का मूल्य नहीं समझ पाती। मुझ पर राजा का कितना अनुग्रह है, यह भी मैं आज तक न जान सकी। मैंने तो कभी उनका मधुर सम्भाषण सुना ही नहीं। विलासिनियों के साथ मदिरा में उन्मत्त, उन्हें अपने आनन्द से अवकाश कहां!

खड्गधारिणी–तब तो अदृष्ट ही कुमार के जीवन का सहायक होगा। उन्होंने पिता का दिया हुआ स्वत्त्व और राज्य का अधिकार तो छोड़ ही दिया, उसके साथ अपनी एक अमूल्य निधि भी...

ध्रुवस्वामिनी–अपनी अमूल्य निधि-वह क्या?

खड्गधारिणी–वह अत्यन्त गुप्त है देवि, किन्तु प्राणों की भीख मांगते हुए कह सकूंगी।

ध्रुवस्वामिनी–(कुछ सोचकर) तो जाने दो, छिपी हुई बातों से मैं घबरा उठी हूं। हां, मैंने उन्हें देखा था। वह निरभ्र प्राची का बाल-अरुण! आह! राज-चक्र सबको पीसता है–पिसने दो, हम निस्सहायों को-दुर्बलों को पिसने दो।

खड्गधारिणी–देवि, वह वल्लरी जो झरने के समीप पहाड़ी पर गई है, उसकी नन्हीं-नन्हीं पत्तियों को ध्यान से देखने पर आप समझ जाएँगी कि वह काई की जाति की है। प्राणों की क्षमता बढ़ा लेने पर वही काई जो बिछलन बनकर गिरा सकती थी, अब दूसरों के ऊपर चढ़ने का अवलम्ब बन गई है।

ध्रुवस्वामिनी–(आकाश की ओर देखकर) वह बहुत दूर की बात है। आह! कितनी कठोरता है। मनुष्य के हृदय में देवता को हटाकर राक्षस कहां से घुस आता है? कुमार की स्निग्ध, सरल और सुन्दर मूर्ति को देखकर कोई भी प्रेम से पुलकित हो सकता है। किन्तु, उन्हीं का भाई? आश्चर्य!

खड्गधारिणी–कुमार को इतने से ही सन्तोष होगा कि उन्हें कोई विश्वासपूर्वक स्मरण कर लेता है। रही अभ्युदय की बात, सो तो उन्हें अपने बाहुबल और भाग्य पर विश्वास है।

ध्रुवस्वामिनी–किन्तु उन्हें साहस का कोई काम न करना चाहिये, जिससे उनकी परिस्थिति और भी भयानक हो जाय। (खड्गधारिणी खड़ी होती है) अच्छा, तो अब तू जा और अपने मौन-संकेत से किसी दासी को यहां भेज दे, मैं अभी यहां बैठना चाहती हूं।

{खड्गधारिणी नमस्कार करके जाती है/दासी का प्रवेश।}

दासी–(हाथ जोड़कर) देवि, सायंकाल हो चुका है। वनस्पतियां शिथिल होने लगी हैं। देखिए न, व्योम-विहारी पक्षियों का झुण्ड भी अपने नीड़ों में प्रसन्न कोलाहल से लौट रहा है। क्या भीतर चलने की अभी इच्छा नहीं है ?

ध्रुवस्वामिनी–चलूंगी क्यों नहीं ? किन्तु मेरा नीड़ कहां ? यह तो स्वर्ण-पिञ्जर है।

{करुण भाव से उठकर दासी के कन्धे पर हाथ रखकर चलने को उद्यत होती है – ने पथ्य में कोलाहल–महादेवी कहां हैं ? उन्हें कौन बुलाने गई है ?}

ध्रुवस्वामिनी–हैं-हैं, यह उतावली कैसी ?

प्रतिहारी–(प्रवेश करके घबराहट से) भट्टारक इधर आये हैं क्या ?

ध्रुवस्वामिनी–(व्यंग से मुस्कुराते हुए) मेरे अञ्चल में तो छिपे नहीं हैं। देखो किसी कुञ्ज में ढूंढ़ो।

प्रतिहारी–(सम्भ्रम से) अरे महादेवी, क्षमा कीजिए। युद्ध-सम्बन्धी एक आवश्यक संवाद देने के लिए महाराज को खोजती हुई मैं इधर आ गई हूं।

ध्रुवस्वामिनी–होंगे कहीं, यहां तो नहीं हैं।

{उदास भाव से दासी के साथ ध्रुवस्वामिनी का प्रस्थान/दूसरी ओर से खड्गधारिणी का पुनः प्रवेश और कुञ्ज में से अपना उत्तरीय सम्भालता रामगुप्त निकलकर एक बार प्रतिहारी की ओर, फिर खड्गधारिणी की ओर देखता है।}

प्रतिहारी–जय हो देव! एक चिन्ताजनक समाचार

निवेदन करने के लिए अमात्य ने मुझे भेजा है।

रामगुप्त–(झुंझलाकर) चिन्ता करते-करते देखता हूं कि मुझे मर जाना पड़ेगा। ठहरो (खड्गधारिणी से) हां जी, तुमने अपना काम तो अच्छा किया, किन्तु मैं समझ न सका कि चन्द्रगुप्त को वह अब भी प्यार करती है या नहीं?

{खड्गधारिणी प्रतिहारी की ओर देखकर चुप रह जाती है।}

रामगुप्त–(प्रतिहारी की और क्रोध से देखता हुआ) तुमसे मैंने कह दिया न कि अभी मुझे अवकाश नहीं, ठहर कर आना।

प्रतिहारी–राजाधिराज! शकों ने किसी पहाड़ी राह से उतरकर नीचे का गिरि-पथ रोक लिया है। हम लोगों के शिविर का सम्बन्ध राजपथ से छूट गया है। शकों ने दोनों ओर से घेर लिया है।

रामगुप्त–दोनों ओर से घिरा रहने में शिविर और भी सुरक्षित है–मूर्ख! चुप रह। **(खड्गधारिणी से)** तो ध्रुवदेवी, क्या मन-ही-मन चन्द्रगुप्त को–है न मेरा सन्देह ठीक?

प्रतिहारी–(हाथ जोड़कर) अपराध क्षमा हो देव! अमात्य युद्ध-परिषद् में आपकी प्रतीक्षा कर रहे हैं।

रामगुप्त–(हृदय पर हाथ रखकर) युद्ध तो यहां भी चल रहा है, देखती नहीं, जगत की अनुपम सुन्दरी मुझसे स्नेह नहीं करती और मैं हूं, इस देश का राजाधिराज!

प्रतिहारी–महाराज, शकराज का सन्देश लेकर एक दूत भी आया है।

रामगुप्त–आह! किन्तु ध्रुवदेवी! उसके मन में टीस है। **(कुछ सोचकर)** जो स्त्री दूसरे के शासन में रहकर प्रेम किसी अन्य पुरुष से करती है, उसमें एक गम्भीर और व्यापक रस उद्वेलित रहता होगा। वही तो, नहीं, जो

चन्द्रगुप्त से प्रेम करेगी, वह स्त्री न जाने कब चोट कर बैठे? भीतर-भीतर न जाने कितने कुचक्र घूमने लगेंगे। (खड्गधारिणी से) सुना न, ध्रुवदेवी से कह देना चाहिए कि वह मुझे और मुझसे ही प्यार करे। केवल महादेवी बन जाना ठीक नहीं।

{खड्गधारिणी, प्रतिहारी का प्रस्थान/शिखरस्वामी का प्रवेश।}

शिखरस्वामी–कुछ आवश्यक बातें कहनी हैं देव!

रामगुप्त-(चिन्ता से उंगली हिलाते हुए, जैसे अपने-आप से बातें कर रहा हो) ध्रुवदेवी को लेकर क्या साम्राज्य से भी हाथ धोना पड़ेगा। नहीं, तो फिर? **(कुछ सोचने लगता है)** ठीक तो-सहसा मेरे राजदण्ड ग्रहण कर लेने से पुरोहित, अमात्य और सेनापति लोग छिपा हुआ विद्रोह भाव रखते हैं। (शिखर से) है न? केवल एक तुम्हीं मेरे विश्वासपात्र हो। समझा न? यही गिरि पथ सब झगड़ों का अन्तिम निर्णय करेगा। क्यों अमात्य? जिसकी

भुजाओं में बल न हो, उसके मस्तिष्क में तो कुछ होना चाहिये न।

शिखरस्वामी–(एक पत्र देकर) पहले इसे पढ़ लीजिए। **(रामगुप्त पत्र पढ़ते-पढ़ते आश्चर्य से चौंक उठता है)** चौंकिये मत, यह घटना ऐसी आकस्मिक है कि कुछ सोचने का अवसर नहीं।

रामगुप्त–(ठहरकर) है तो ऐसा ही; किन्तु एक बार मेरे प्रतिकूल भी नहीं। मुझे इसकी सम्भावना पहले से भी थी।

शिखरस्वामी–(आश्चर्य से) ऐं? तब तो महाराज ने अवश्य ही कुछ सोच लिया होगा। मेघ-संकुल आकाश की तरह जिसका भविष्य घिरा हो, उसकी बुद्धि को तो बिजली के समान चमकना ही चाहिये।

रामगुप्त–(सशंक) कह दूं। सोचा तो है मैंने, परन्तु क्या तुम उसका समर्थन करोगे?

शिखरस्वामी–यदि नीति-युक्त हुआ तो अवश्य समर्थन करूंगा। सबके विरुद्ध रहने पर भी स्वर्गीय आर्य्य समुद्रगुप्त की आज्ञा के प्रतिकूल मैंने ही आपका समर्थन किया था। नीति-सिद्धान्त के आधार पर ज्येष्ठ राजपुत्र को...

रामगुप्त–(बात काटकर) वह तो–वह तो मैं जानता हूं; किन्तु इस समय जो प्रश्न सामने आया है, उस पर विचार करना चाहिये। तुम तो जानते हो कि मेरी इस विजय-यात्रा का कोई गुप्त उद्देश्य है-उसकी सफलता भी सामने दिखाई पड़ रही है। हां, थोड़ा-सा साहस चाहिये

शिखरस्वामी–वह क्या?

रामगुप्त–शक-दूत सन्धि के लिए जो प्रमाण चाहत है उसे अस्वीकार न करना चाहिए। ऐसा करने में इस संकट के बहाने जितनी विरोधी प्रकृतियां हैं, उन सबके हम लोग सहज में ही हटा सकेंगे।

शिखरस्वामी–भविष्य के लिए यह चाहे अच्छा हो

किन्तु इस समय तो हमको बहुत से विघ्नों का सामना करना पड़ेगा।

रामगुप्त–**(हंसकर)** तब तुम्हारी बुद्धि कब काम आवेगी? और हां, चन्द्रगुप्त के मनोभाव का कुछ पता लगा?

शिखरस्वामी–कोई नई बात तो नहीं।

रामगुप्त–मैं देखता हूं कि मुझे पहले अपने अन्तःपुर के ही विद्रोह का दमन करना होगा। **(निश्वास लेकर)** ध्रुवदेवी के हृदय में चन्द्रगुप्त की आकांक्षा धीरे-धीरे जाग रही है।

शिखरस्वामी–यह असम्भव नहीं; किन्तु महाराज! अभी आपको दूत से साक्षात् करके उपस्थित राजनीति पर ध्यान देना चाहिये। यह एक विचित्र बात है कि प्रबल पक्ष सन्धि के लिए सन्देश भेजे।

रामगुप्त–विचित्र हो चाहे सचित्र। अमात्य, तुम्हारी राजनीतिज्ञता इसी में है कि भीतर और बाहर के सब शत्रु एक ही चाल में परास्त हों। तो चलो!

{दोनों का प्रस्थान/मन्दाकिनी का सशंक भाव से प्रवेश।}

मन्दाकिनी–(चारों ओर देखकर) भयानक समस्या है। मूर्खों ने स्वार्थ के लिए साम्राज्य के गौरव का सर्वनाश करने का निश्चय कर लिया है। सच है, वीरता जब भागती है, तब उसके पैरों से राजनीतिक छलछन्द की धूल उड़ती है। **(कुछ सोचकर)** कुमार चन्द्रगुप्त को यह सब समाचार शीघ्र ही मिलना चाहिए। गूंगी के अभिनय में महादेवी के हृदय का आवरण तनिक-सा हटा है, किन्तु वह थोड़ा-सा स्निग्ध भाव भी कुमार के लिए कम महत्व नहीं रखता। कुमार चन्द्रगुप्त! कितना समर्पण का भाव है उसमें? और उसी का बड़ा भाई रामगुप्त। कपटचारी रामगुप्त! जी करता है, इस कलुषित वातावरण से कहीं दूर, विस्मृति में अपने को छिपा लूं। पर मन्दा! तुझे विधाता ने क्यों बनाया? (सोचने लगती है) नहीं, मुझे हृदय कठोर करके अपना कर्तव्य करने के लिए

यहां रुकना होगा। न्याय का, दुर्बल का पक्ष ग्रहण करना होगा। **(गाती है।)**

यह कसक अरे आंसू सह जा

बनकर विनम्र अभिमान मुझे मेरा अस्तित्व बता, रह जा

बन प्रेम छलक कोने-कोने अपनी नीरव गाथा कह जा

करुणा बन दुखिया वसुधा पर शीतलता फैलाता बह जा

{मन्दाकिनी का प्रस्थान/ध्रुवस्वामिनी का उदास भाव से धीरे-धीरे प्रवेश/पीछे एक परिचारिका पान का डिब्बा और दूसरी चामर लिए आती है/ध्रुवस्वामिनी एक मञ्च पर बैठकर अधरों पर उंगली रखकर कुछ सोचने लगती है और चामरधारिणी चामर डुलाती है।}

ध्रुवस्वामिनी–(दूसरी परिचारिका से) हां, क्या कहा? शिखरस्वामी कुछ कहना चाहते हैं! कह दो कल सुनूंगी, आज नहीं।

परिचारिका–जैसी आज्ञा! तो मैं कह आऊं कि अमात्य से कल महादेवी बातें करेंगी?

ध्रुवस्वामिनी–(कुछ सोचकर) ठहरो तो, वह गुप्त-साम्राज्य का अमात्य है, उससे आज ही भेंट करना होगा। हां, यह बताओ, तुम्हारे राजकुल में नियम क्या है? पहले अमात्य की मन्त्रणा सुननी पड़ती है, तब राजा से भेट होती है?

परिचारिका–(दांतों से जीभ दबाकर) ऐसा नियम तो मैंने नहीं सुना। यह युद्ध-शिविर है न, परम-भट्टारक को अवसर न मिला होगा। महादेवी! आपको सन्देह न करना चाहिये।

ध्रुवस्वामिनी–मैं महादेवी ही हूं न। यदि यह सत्य है तो क्या तुम मेरी आज्ञा से कुमार चन्द्रगुप्त को यहां बुला सकती हो? मैं चाहती हूं कि अमात्य के साथ ही कुमार से कुछ बातें कर लूं।

परिचारिका–क्षमा कीजिये, इसके लिए तो पहले अमात्य से पूछना होगा।

(ध्रुवस्वामिनी क्रोध से उसकी ओर देखने लगती है और वह पान का डिब्बा रखकर चली जाती है।)

{एक बौने का कुबड़े और हिजड़े के साथ प्रवेश}

कुबड़ा–युद्ध! भयानक युद्ध।

बौना–हो रहा है कि कहीं होगा मित्र!

हिजड़ा–बहनो! यहीं युद्ध करके दिखाओ न, महादेवी भी देखें।

बौना–(कुबड़े से) सुनता है रे! तू अपना हिमाचल इधर कर दे–मैं दिग्विजय करने के लिए कुबेर पर चढ़ाई करूंगा।

{उसकी कूबड़ दबाता है और कुबड़ा अपने घुटनों और हाथों के बल बैठ जाता है/हिजड़ा कुबड़े की पीठ

पर बैठता है/बौना एक मोर्छल लेकर तलवार की तरह उसे घुमाने लगता है।}

हिजड़ा–अरे! यह तो मैं हूं नलकूबर की वधू! दिग्विजयी वीर, क्या तुम स्त्री से युद्ध करोगे? लौट जाओ, कल आना। मेरे श्वसुर और आर्थ्यपुत्र दोनों ही उर्वशी और रम्भा के अभिसार से अभी नहीं आये–कुछ आज ही तो युद्ध करने का शुभ मुहूर्त नहीं है।

बौना–(मोर्छल से पटा घुमाता हुआ) नहीं, आज ही युद्ध होगा। तुम स्त्री नहीं हो, तुम्हारी उंगलियां तो मेरी तलवार से अधिक चल रही हैं। कूबड़ तुम्हारे नीचे है, तब मैं कैसे मान लूं कि तुम न तो नलकूबर हो और न कुबेर। तुम्हारे वस्त्रों से मैं धोखा न खाऊंगा। तुम पुरुष हो, युद्ध करो।

हिजड़ा–(उसी तरह मटकते हुए) अरे मैं स्त्री हूं–बहनो, कोई मुझसे ब्याह भले कर सकता है–लड़ाई–मैं क्या जानूं?

{दासी के साथ शिखरस्वामी का प्रवेश}

शिखरस्वामी–महादेवी की जय हो ! ।

{दूसरी ओर से एक युवती दासी के कन्धे का सहारा लिए कुछ-कुछ मदिरा के नशे में रामगुप्त का प्रवेश/मुस्कुराता हुआ बौने का खेल देखने लगता है/ध्रुवस्वामिनी उठकर खड़ी हो जाती है और शखरस्वामी रामगुप्त को संकेत करता है।}

रामगुप्त–(कुछ भर्राये हुए कण्ठ से) महादेवी की जय हो !

ध्रुवस्वामिनी–स्वागत महाराज !

{रामगुप्त एक मञ्च पर बैठ जाता है और शिखरस्वामी ध्रुवस्वामिनी के इस उदासीन शिष्टाचार से चकित होकर सिर खुजलाने लगता है।}

कुबड़ा–दोहाई राजाधिराज की! मुझ हिमाचल का कूबर दुखने लगा। न तो यह नलकूबर की बहू मेरे कूबर

से उठती है और न यह बौना मुझे विजय ही कर लेता है।

रामगुप्त–(हंसते हुए) वाह रे वामन वीर! यहां दिग्विजय का नाटक खेला जा रहा है क्या?

बौना–(अकड़कर) वामन के बलि-विजय की गाथा और तीन पगों की महिमा सब लोग जानते हैं। मैं भी तीन लात में इसका कूबर सीधा कर सकता हूं।

कुबड़ा–लगा दे भाई बौने! फिर यह अचल हेमकूट बनना तो छूट जाय!

हिजड़ा–देखो जी, मैं नलकूबर की वधू इस पर बैठी हूं।

बौना–झूठ! युद्ध के डर से पुरुष होकर भी स्त्री बन गया है।

हिजड़ा–मैं तो पहले ही कह चुकी कि मैं युद्ध नहीं जानती।

बौना–तुम नलकूबर की स्त्री हो न, तो अपनी विजय का उपहार समझकर मैं तुम्हारा हरण कर लूंगा। **(लोगों**

की ओर देखकर उसका हाथ पकड़कर खींचता हुआ) ठीक होगा न? कदाचित् यह धर्म के विरुद्ध न होगा! **(रामगुप्त ठठाकर हंसता है।)**

ध्रुवस्वामिनी–(क्रोध से कड़ककर) निकलो–अभी निकलो। यहां ऐसी निर्लज्जता का नाटक मैं नहीं देखना चाहती।

{शिखरस्वामी की ओर भी सक्रोध देखती है/शिखर के संकेत करने पर वे भाग जाते हैं।}

रामगुप्त–अरे, ओ दिग्विजयी! सुन तो। **(उठकर ताली पीटता हुआ हंसने लगता है/ध्रुवस्वामिनी क्षोभ और घृणा से मुंह फेर लेती है/शिखरस्वामी के संकेत से दासी मदिरा का पात्र ले आती है/उसे देखकर प्रसन्नता से आंखें फाड़कर शिखर की ओर अपना हाथ बढ़ा देता है)** अमात्य आज ही महादेवी के पास मैं आया और आप भी पहुंच गये, यह एक विलक्षण घटना है–है न?

{पात्र लेकर पीता है।}

शिखरस्वामी–देव, मैं अभी एक आवश्यक कार्य से आया हूं।

रामगुप्त–ओह! मैं तो भूल ही गया था! वह बर्बर शकराज क्या चाहता है? मैं आक्रमण न करूं–इतना ही तो? जाने दो, युद्ध कोई अच्छी बात नहीं।

शिखरस्वामी–वह और भी कुछ चाहता है।

रामगुप्त–क्या कुछ सहायता भी मांग रहा है?

शिखरस्वामी–**(सिर झुकाकर गम्भीरता से)** नहीं देव, वह बहुत ही असंगत और अशिष्ट याचना कर रहा है?

रामगुप्त–क्या? कुछ कहो भी!

शिखरस्वामी–क्षमा हो महाराज! दूत तो अबध्य होता है, इसलिए उसका सन्देश सुनना ही पड़ा। वह कहता था कि शकराज से महादेवी ध्रुवस्वामिनी का **(रुककर ध्रुवस्वामिनी की ओर देखने लगता है /ध्रुवस्वामिनी**

सिर हिलाकर कहने की आज्ञा देती है) विवाह-सम्बन्ध स्थिर हो चुका था, बीच में ही आर्थ्य समुद्रगुप्त की विजय-यात्रा में महादेवी के पिताजी ने उपहार में उन्हें गुप्तकुल में भेज दिया, इसलिए महादेवी को वह–

रामगुप्त–ऐं, क्या कहते हो अमात्य! क्या वह महादेवी को मांगता है?

शिखरस्वामी–हां देव! साथ ही वह अपने सामन्तों के लिए मगध के सामन्तों की स्त्रियां भी मांगता है।

रामगुप्त–**(निश्वास लेकर)** ठीक ही है, जब उसके पास सामन्त हैं, तब उन लोगों के लिए भी स्त्रियां चाहिये। हां, क्या यह सच है कि महादेवी के पिता ने पहले शकराज से इनका सम्बन्ध स्थिर कर लिया था?

शिखरस्वामी–यह तो मुझे नहीं मालूम।

{ध्रुवस्वामिनी रोष से फूलती हुई टहलने लगती है।}

रामगुप्त–महादेवी, अमात्य क्या पूछ रहे हैं?

ध्रुवस्वामिनी–इस प्रथम सम्भाषण के लिए कृतज्ञ हुई महाराज! किन्तु मैं यह भी जानना चाहती हूं कि गुप्त साम्राज्य क्या स्त्री-सम्प्रदान से भी बढ़ा है?

रामगुप्त–(झेंपकर हंसता हुआ) हें-हें-हें, बताइये अमात्य जी!

शिखरस्वामी–मैं क्या कहूं? शत्रु-पक्ष का यही सन्धि-सन्देश है। स्वीकार न हो तो युद्ध कीजिये। शिविर दोनों ओर से घिर गया है। उसकी बातें मानिये या मरकर भी अपनी कुल-मर्यादा की रक्षा कीजिये। दूसरा कोई उपाय नहीं।

रामगुप्त–(चौंककर) क्या प्राण देने के अतिरिक्त दूसरा कोई उपाय नहीं? ऊं-हूं, तब तो महादेवी से पूछिये।

ध्रुवस्वामिनी–(तीव्र स्वर से) और आप लोग कुबड़ों, बौनों, नपुंसकों का नृत्य देखेंगे। मैं जानना चाहती हूं कि

किसने सुख–दुख में मेरा साथ न छोड़ने की प्रतिज्ञा अग्नि-वेदी के सामने की है?

रामगुप्त–(चारों ओर देखकर) किसने की है–कोई बोलता क्यों नहीं?

ध्रुवस्वामिनी–तो क्या मैं राजाधिराज रामगुप्त की महादेवी नहीं हूं?

रामगुप्त–क्यों नहीं? परन्तु रामगुप्त ने ऐसी कोई प्रतिज्ञा न की होगी। मैं तो उस दिन द्राक्षासर में डुबकी लगा रहा था। पुरोहितों ने न जाने क्या–क्या पढ़ा दिया होगा। उन सब बातों का बोझ मेरे सिर पर! **(सिर हिलाकर)** कदापि नहीं।

ध्रुवस्वामिनी–(निस्सहाय होकर शिखरस्वामी के प्रति) यह तो हुई राजा की व्यवस्था, अब सुनूं मन्त्री महोदय क्या कहते हैं।

शिखरस्वामी–मैं कहूंगा देवि, अवसर देखकर राज्य

की रक्षा करने वाली उचित सम्मति देना ही हमारा कर्तव्य है। राजनीति के सिद्धान्त में राष्ट्र की रक्षा सब उपायों से करने का आदेश है। उसके लिए राजा, रानी, कुमार और अमात्य सबका विसर्जन किया जा सकता है; किन्तु राज-विसर्जन अन्तिम उपाय है।

रामगुप्त–(प्रसन्नता से) वाह! क्या कहा तुमने! तभी तो लोग तुम्हें नीति-शास्त्र का वृहस्पति समझते हैं।

ध्रुवस्वामिनी–अमात्य, तुम वृहस्पति हो चाहे शुक्र, किन्तु धूर्त होने से ही क्या मनुष्य भूल नहीं करता। आर्य्य समुद्रगुप्त के पुत्र को पहचानने में तुमने भूल तो नहीं की? सिंहासन पर भ्रम से किसी दूसरे को तो नहीं बिठा दिया।

रामगुप्त–(आश्चर्य से) क्या? क्या? क्या?

ध्रुवस्वामिनी–कुछ नहीं, मैं केवल यही कहना चाहती हूं कि पुरुषों ने स्त्रियों को अपनी पशु-सम्पत्ति समझकर उन पर अत्याचार करने का जो अभ्यास बना लिया है, वह

मेरे साथ नहीं चल सकता। यदि तुम मेरी रक्षा नहीं कर सकते, अपने कुल की मर्यादा-नारी का गौरव–नहीं बचा सकते, तो मुझे बेच भी नहीं सकते। हां, तुम लोगों को आपत्ति से बचाने के लिए मैं स्वयं यहां से चली जाऊंगी।

शिखरस्वामी–(मुंह बनाकर) उंह, राजनीति में ऐसी बातों को स्थान नहीं। जब तक नियमों के अनुकूल सन्धि का पूर्ण रूप से पालन न किया जाय, तब तक सन्धि का कोई अर्थ ही नहीं।

ध्रुवस्वामिनी–देखती हूं कि इस राष्ट्र-रक्षा यज्ञ में रानी की बलि होगी ही।

शिखरस्वामी–दूसरा कोई उपाय नहीं।

ध्रुवस्वामिनी–(क्रोध से पैर पटककर) उपाय नहीं तो न हो, निर्लज्ज अमात्य! फिर ऐसा प्रस्ताव–मैं सुनना नहीं चाहती।

रामगुप्त–(चौंककर) इस छोटी-सी बात के लिए इतना

बड़ा उपद्रव! **(दासी की ओर देखकर)** मेरा तो कण्ठ सूखने लगा।

ध्रुवस्वामिनी–(दृढ़ता से) अच्छा, तो अब मैं चाहती हूं कि अमात्य अपने मन्त्रणा-गृह में जायं। मैं केवल रानी ही नहीं किन्तु स्त्री भी हूं; अपने को पति कहने वाले पुरुष से मुझे कुछ कहना है, राजा से नहीं।

{शिखरस्वामी का दासियों के साथ प्रस्थान}।

रामगुप्त–ठहरो जी, मैं भी चलता हूं। **(उठना चाहता है/ध्रुवस्वामिनी उसका हाथ पकड़कर रोक लेती है)** तुम मुझसे क्या कहना चाहती हो?

ध्रुवस्वामिनी–(ठहरकर) अकेले यहां भय लगता है क्या? बैठिये-सुनिये। मेरे पिता ने उपहार-स्वरूप कन्या-दान किया था। किन्तु गुप्त सम्राट क्या अपनी पत्नी शत्रु को उपहार में देंगे? **(घुटने के बल बैठकर)** देखिये मेरी ओर देखिये। मेरा स्त्रीत्व क्या इतने का भी, अधिकारी

नहीं कि अपने को स्वामी समझने वाला पुरुष, उसके लिए प्राणों का पण लगा सके!

रामगुप्त–(उसे देखता हुआ) तुम सुन्दर हो। ओह, कितनी सुन्दर! किन्तु सोने की कटार पर मुग्ध होकर उसे कोई अपने हृदय में डुबो नहीं सकता। फिर भी अपने लिए मैं स्वयं कितना आवश्यक हूं, यह कदाचित् तुम नहीं जानती।

ध्रुवस्वामिनी–(उसके पैरों को पकड़कर) मैं गुप्त-कुल की वधू होकर इस राज-परिवार में आई हूं–इसी विश्वास पर।

रामगुप्त–(उसे रोककर) वह सब मैं नहीं सुनना चाहता।

ध्रुवस्वामिनी–मेरी रक्षा करो। मेरे और अपने गौरव की रक्षा करो। राजा, आज मैं शरण की प्रार्थिनी हूं। मैं स्वीकार करती हूं कि आज तक मैं तुम्हारे विलास की सहचरी नहीं हुई, किन्तु वह मेरा अंहकार चूर्ण हो गया है। मैं तुम्हारी होकर रहूंगी। राज्य और सम्पत्ति रहने पर

राजा को–पुरुष को बहुत-सी रानियां और स्त्रियां मिलती हैं, किन्तु व्यक्ति का मान नष्ट होने पर फिर नहीं मिलता।

रामगुप्त–(घबराकर उसका हाथ हटाता हुआ) ओह! तुम्हारा यह घातक स्पर्श बहुत ही उत्तेजनापूर्ण है। मैं–नहीं। तुम मेरी रानी? नहीं, नहीं। जाओ, तुमको जाना पड़ेगा। तुम उपहार की वस्तु हो। आज मैं तुम्हें किसी दूसरे को देना चाहता हूं। इसमें तुम्हें क्यों आपत्ति हो?

ध्रुवस्वामिनी–(खड़ी होकर रोष में) निर्लज्ज! मद्यप! क्लीव! ओह, तो मेरा कोई रक्षक नहीं? **(ठहरकर)** नहीं, अपनी रक्षा मैं स्वयं करूंगी। मैं उपहार में देने की वस्तु, शीतलमणि नहीं हूं। मुझमें रक्त की तरल लालिमा है। मेरा हृदय उष्ण है और उसमें आत्म-सम्मान की ज्योति है। उसकी रक्षा मैं ही करूंगी। **(रशना से कृपाणी निकालती है।)**

रामगुप्त–(भयभीत होकर पीछे हटता हुआ) तो क्या तुम मेरी हत्या करोगी?

ध्रुवस्वामिनी–तुम्हारी हत्या? नहीं, तुम जियो। भेड़ की तरह तुम्हारा क्षुद्र जीवन! उसे न लूंगी। मैं अपना ही जीवन समाप्त करूंगी।

रामगुप्त–किन्तु तुम्हारे मर जाने पर उस बर्बर शकराज के पास किसको भेजा जाएगा? नहीं-नहीं, ऐसा न करो। हत्या! हत्या! दौड़ो-दौड़ो! **(भागता हुआ निकल जाता है।)**

{दूसरी ओर से वेग से चन्द्रगुप्त का प्रवेश}

चन्द्रगुप्त–हत्या! कैसी हत्या! **(ध्रुवस्वामिनी को देखकर)** यह क्या? महादेवी, ठहरिये!

ध्रुवस्वामिनी–कुमार, इसी समय तुम्हें भी आना था! **(सकरुण देखती हुई)** मैं प्रार्थना करती हूं कि तुम यहां से चले जाओ! मुझे अपने अपमान में निर्वसन-नग्न देखने का किसी पुरुष को अधिकार नहीं! मुझे मृत्यु की चादर से अपने को ढक लेने दो।

चन्द्रगुप्त–किन्तु, क्या कारण सुनने का भी मैं अधिकारी नहीं हूं?

ध्रुवस्वामिनी–सुनोगे? **(ठहरकर सोचती हुई)** नहीं, अभी आत्महत्या नहीं करूंगी। जब तुम आ गए हो तो थोड़ा ठहरूंगी। यह तीखी छुरी इस अतृप्त हृदय में–विकासोन्मुख कुसुम में–विषैले कीट के डंक की तरह चुभा दूं या नहीं, इस पर विचार करूंगी। यदि नहीं, तो मेरी दुर्दशा का पुरस्कार क्या कुछ और है? हां, जीवन के लिए कृतज्ञ, उपकृत और आभारी होकर किसी के अभिमानपूर्ण आत्म-विज्ञापन का भार ढोती रहूं–यही क्या विधाता का निष्ठुर विधान है! छुटकारा नहीं? जीवन नियति के कठोर आदेश पर चलेगा ही–तो क्या यह मेरा जीवन भी अपना नहीं है?

चन्द्रगुप्त–देवि, जीवन विश्व की सम्पत्ति है–प्रमाद से, क्षणिक आवेश में या दुःख की कठिनाई से उसे नष्ट करना तो ठीक नहीं। गुप्त-कुल-लक्ष्मी आज यह

छिन्नमस्ता का अवतार किसलिए धारण करना चाहती हैं–सुनूं भी!

ध्रुवस्वामिनी–नहीं, मैं न मरूंगी। क्योंकि तुम आ गये हो–मेरी शिविका के साथ चामर–सज्जित अश्व पर चढ़कर, तुम्हीं उस दिन आये थे न, तुम्हारा विश्वासपूर्ण मुखमण्डल मेरे साथ जाने में क्यों इतना प्रसन्न था?

चन्द्रगुप्त–मैं गुप्त-कुलवधू को आदर सहित ले आने के लिए गया था। फिर प्रसन्न क्यों न होता?

ध्रुवस्वामिनी–तो फिर आज मुझे शक–शिविर में पहुंचाने के लिए उसी प्रकार तुमको मेरे साथ चलना होगा। **(आंसू पोंछती है।)**

चन्द्रगुप्त–(आश्चर्य से) यह कैसा परिहास!

ध्रुवस्वामिनी–कुमार! यह परिहास नहीं–राजा की आज्ञा है। शकराज को मेरी अत्यन्त आवश्यकता है। यह अवरोध, बिना मेरा उपहार दिये नहीं हट सकता।

चन्द्रगुप्त–**(आवेश से)** यह नहीं हो सकता। महादेवि! जिस मर्यादा के लिए–जिस महत्व को स्थिर रखने के लिए, मैंने राजदण्ड ग्रहण न करके अपना मिला हुआ अधिकार छोड़ दिया, उसका यह अपमान! मेरे जीवित रहते आर्य समुद्रगुप्त के स्वर्गीय गर्व को इस तरह पद–दलित न होना पड़ेगा। (ठहरकर) और भी एक बात है। मेरे हृदय के अन्धकार में प्रथम किरण–सी आकर, जिसने अज्ञात भाव से अपना मधुर आलोक ढाल दिया था, उसको भी मैंने केवल इसीलिए भूलने का प्रयत्न किया कि... **(सहसा चुप हो जाता है।)**

ध्रुवस्वामिनी–**(आंखें बन्द किये कौतूहल–भरी प्रसन्नता से)** हां-हां, कहो-कहो!

{शिखरस्वामी के साथ रामगुप्त का प्रवेश

रामगुप्त–देखो तो कुमार! यह भी कोई बात है! आत्महत्या कितना बड़ा अपराध है।

चन्द्रगुप्त–और आपसे तो वह भी नहीं करते बनता।

रामगुप्त–(शिखरस्वामी से) देखो, कुमार के मन में छिपा हुआ कलुष कितना... कितना... भयानक है?

शिखरस्वामी–कुमार, विनय गुप्त–कुल का सर्वोत्तम गृह-विधान है, उसे न भूलना चाहिए।

चन्द्रगुप्त–(व्यंग से हंसकर) अमात्य, तभी तो तुमने व्यवस्था दी है कि महादेवी को देकर भी सन्धि की जाय! क्यों, यही तो विनय की पराकाष्ठा है? ऐसा विनय प्रवञ्चकों का आवरण है–जिसमें वह शील न हो जो परस्पर सम्मान की घोषणा करता है। कापुरुष! आर्य समुद्रगुप्त का सम्मान...

शिखरस्वामी–(बीच में बात काटकर) उसके लिए मुझे प्राणदण्ड दिया जाय! मैं उसे अविचल भाव से ग्रहण करूंगा परन्तु राजा और राष्ट्र की रक्षा होनी चाहिए।

मन्दाकिनी–(प्रवेश करते हुए) राजा अपने राष्ट्र की रक्षा करने में असमर्थ है, तब भी उस राजा की रक्षा होनी

ही चाहिये! अमात्य, यह कैसी विवशता है! तुम मृत्युदण्ड के लिए उत्सुक! महादेवि आत्महत्या करने के लिए प्रस्तुत! फिर यह हिचक क्यों? एक बार अन्तिम बल से परीक्षा कर देखो। बचोगे तो राष्ट्र और सम्मान भी बचेगा, नहीं तो सर्वनाश!

चन्द्रगुप्त–आह मन्दा! भला तू कहां से यह उत्साह-भरी बात कहने के लिए आ गई। ठीक तो है अमात्य! सुनो, यह स्त्री क्या कह रही है?

रामगुप्त–**(अपने हाथों को मसलते हुए)** दुरभिसन्धि, छल, मेरे प्राण लेने का कौशल!

चन्द्रगुप्त–तब आओ, हम लोग स्त्री बन जायें और बैठकर रोएं।

हिजड़ा–**(प्रवेश करते हुए)** कुमार, स्त्री बनना सहज नहीं है। कुछ दिनों तक मुझसे सीखना होगा। **(सबका मुंह देखता है और शिखरस्वामी के मुंह पर हाथ**

फेरता है) उहूं, तुम नहीं बन सकते। तुम्हारे ऊपर बड़ा कठोर आवरण है। **(कुमार के समीप जाकर)** कुमार! मैं शपथ खाकर कह सकती हूं कि यदि मैं अपने हाथों से सजा दूं, तो आपको देखकर महादेवी का भ्रम हो जाय। **(चन्द्रगुप्त उसका कान पकड़कर बाहर कर देता है।)**

ध्रुवस्वामिनी–उसे छोड़ दो कुमार! यहां पर एक वही नपुंसक तो नहीं है। बहुतों में से किसको-किसको निकालोगे? **(चन्द्रगुप्त उसे छोड़कर चिन्तित-सा टहलने लगता है और शिखरस्वामी रामगुप्त के कानों में कुछ कहता है।)**

चन्द्रगुप्त–**(सहसा खड़े होकर)** अमात्य, तो तुम्हारी ही बात रही। हां, उसमें तुम्हारे सहयोगी हिजड़े की भी सम्मति मुझे अच्छी लगी। मैं ध्रुवस्वामिनी बनकर अन्य सामन्त–कुमारों के साथ शकराज के पास जाऊंगा। अगर सफल हुआ, तब तो कोई बात नहीं; अन्यथा मेरी मृत्यु के बाद तुम लोग जैसा उचित समझना, वैसा करना।

ध्रुवस्वामिनी–(चन्द्रगुप्त को अपनी भुजाओं में जकड़कर) नहीं, मैं तुमको न जाने दूंगी। मेरे क्षुद्र, निर्बल नारी-जीवन का सम्मान बचाने के लिए इतने बड़े बलिदान की आवश्यकता नहीं।

रामगुप्त–(आश्चर्य और क्रोध से) छोड़ो–छोड़ो, यह कैसा अनर्थ? सबके सामने यह कैसी निर्लज्जता!

ध्रुवस्वामिनी–(चन्द्रगुप्त को छोड़ती हुई जैसे सचेत होकर) यह पाप है? जो मेरे लिए अपनी बलि दे सकता हो, जो मेरे स्नेह... **(ठहरकर)** अथवा इससे क्या? शकराज क्या मुझे देवी बनाकर भक्ति भाव से मेरी पूजा करेगा? वाह रे, लज्जाशील पुरुष! ।

{शिखरस्वामी फिर रामगुप्त के कान में कुछ कहता है/रामगुप्त स्वीकृतिसूचक सिर हिलाता है।}

शिखरस्वामी–राजाधिराज, आज्ञा दीजिये। यही एक उपाय है, जिसे कुमार बता रहे हैं; किन्तु राजनीति की दृष्टि से महादेवी का भी वहां जाना आवश्यक है।

चन्द्रगुप्त–(क्रोध से) क्यों आवश्यक है? यदि उन्हें जाना ही पड़ा, तो फिर मेरे जाने से क्या लाभ? तब मैं न जाऊंगा।

रामगुप्त–नहीं, यह मेरी आज्ञा है। सामन्त कुमारों के साथ जाने के लिए प्रस्तुत हो जाओ।

ध्रुवस्वामिनी–तो कुमार! हम लोगों का चलना निश्चित ही है। अब इस विलम्ब की आवश्यकता नहीं।

{चन्द्रगुप्त का प्रस्थान/ध्रुवस्वामिनी मञ्च पर बैठकर रोने लगती है।}

रामगुप्त–अब यह कैसा अभिनय! मुझे तो पहले से ही शंका थी और आज तो तुमने मेरी आंखें भी खोले दीं।

ध्रुवस्वामिनी–अनार्थ्य! निष्ठुर! मुझे कलंक–कालिमा के कारागार में बन्द कर, मर्म–वाक्य के धुएं से दम घोंटकर मार डालने की आशा न करो। आज मेरी असहायता मुझे अमृत पिलाकर मेरा निर्लज्ज जीवन बढ़ाने

के लिए तत्पर है। (उठकर, हाथ से निकल जाने का संकेत करते हुए) जाओ, मैं एकान्त चाहती हूं।

{शिखरस्वामी के साथ रामगुप्त का प्रस्थान}

ध्रुवस्वामिनी–कितना अनुभूतिपूर्ण था वह एक क्षण का आलिंगन! कितने सन्तोष से भरा था। नियति ने अज्ञात भाव से मानो, लू से तपी हुई वसुधा को, क्षितिज के निर्जन में सायंकालीन शीतल आकाश से मिला दिया हो। (ठहरकर) जिस वायुविहीन प्रदेश में उखड़ी हुई सांसों पर भी बन्धन हो–अर्गला हो, वह रहते–रहते यह जीवन असह्य हो गया था। तो भी मरूंगी नहीं। संसार के कुछ दिन विधाता के विधान में अपने लिए सुरक्षित करा लूंगी। कुमार, तुमने वही किया, जिसे मैं बचाती रही। तुम्हारे उपकार और स्नेह की वर्षा से मैं भींगी जा रही हूं। ओह! (हृदय पर उंगली रखकर) इस वक्षस्थल में दो हृदय हैं क्या? जब अन्तरंग 'हां' करना चाहता है, तब ऊपरी मन 'ना' क्यों कहला देता है?

चन्द्रगुप्त–(प्रवेश करके) महादेवी, हम लोग प्रस्तुत हैं, किन्तु ध्रुवस्वामिनी के साथ शक–शिविर में जाने के लिए हम लोग सहमत नहीं।

ध्रुवस्वामिनी–(हंसकर) राजा की आज्ञा मान लेना ही पर्याप्त नहीं, रानी की भी बात न मानोगे? मैंने तो पहले ही कुमार तुमसे प्रार्थना की थी कि जैसे मुझे ले आये हो, उसी तरह पहुंचा भी दो।

चन्द्रगुप्त–नहीं, मैं अकेले ही जाऊंगा।

ध्रुवस्वामिनी–कुमार! यह मृत्यु और निर्वासन का सुख, तुम अकेले ही लोगे! ऐसा नहीं हो सकता। राजा की इच्छा क्या है, यह जानते हो? मुझसे और तुमसे एक साथ छुटकारा। तो फिर वही क्यों न हो? हम दोनों ही चलेंगे। मृत्यु के गह्वर में प्रवेश करते समय मैं भी तुम्हारी ज्योति बनकर बुझ जाने की कामना रखती हूं और भी एक विनोद–प्रलय का परिहास–देख सकूंगी। मेरी सहचरी!

तुम्हारा, वह ध्रुवस्वामिनी का वेश, ध्रुवस्वामिनी ही न देखे, तो किस काम का? **(दोनों हाथों से चन्द्रगुप्त का चिबुक पकड़कर सकरुण भाव से देखती है।)**

चन्द्रगुप्त–(अधखुली आंखों से देखता हुआ) तो फिर चलो।

{सामन्त–कुमारों के आगे मन्दाकिनी का गाते हुए प्रवेश}

पैरों के नीचे जलधर हो, बिजली से उनका खेल चले।
संकीर्ण कगारों के नीचे, शत-शत झरने बेमेल चलें।
सन्नाटे में हो विकल पवन, पादप निज पद हों चूम रहे।
तब भी गिरि–पथ का अथक पथिक, ऊपर ऊंचे सब झेल चले॥
पृथ्वी की आंखों में बनकर, छाया का पुतला बढ़ता हो।
सूने तम में ज्योति बना, अपनी प्रतिमा को गढ़ता हो।
पीड़ा की धूल उड़ाता-सा, बाधाओं को ठुकराता:सा।
कष्टों पर कुछ मुसक्याता-सा, ऊपर ऊंचे सब झेल चलें॥

खिलते हों क्षत के फूल जहां, बन व्यथा–तमिस्रा के तारे।
पद–पद पर ताण्डवनर्तन हो, स्वर–सप्तक होवें लय सारे।
भैरव रव से हो व्याप्त दिशा, हो कांप रही भय चकित निशा।
हो स्वेद धार बहती कपिशा, ऊपर ऊंचे सब झेल चलें॥
विचलित हो अचल न मौन रहे, निष्ठुर शृंगार उतरता हो।
क्रन्दन कम्पन न पुकार बने, निज साहस पर निर्भरता हो।
अपनी ज्वाला को आप पिये, नव-नील-कण्ठ की छाप लिये।
विश्राम शान्ति को शाप दिये, ऊपर ऊंचे सब झेल चलें॥

{चन्द्रगुप्त और ध्रुवस्वामिनी के साथ सबका धीरे-धीरे प्रस्थान/अकेली मन्दाकिनी केन्द्रित आलोक में खड़ी रहकर वेगभरी आंधी के शब्द और सघन होते अन्धकार में अन्तर्धान हो जाती है।}

{दृश्यान्तर}

दो

(शक दुर्ग के भीतर सुनहले काम वाले खम्भों पर एक दालान, बीच में छोटी-छोटी दो सीढ़ियां/उसी के सामने काश्मीरी खुदाई का सुन्दर लकड़ी का सिंहासन/बीच के दो खम्भे खुले हुए हैं, उनके दोनों ओर मोटे-मोटे और चित्रों वाले तिब्बती ढंग के रेशमी पर्दे पड़े हैं/सामने छोटे से आंगन में दोनों ओर क्यारियों में दो-चार पौधे हैं और लताएं फूलों से लदी दिखाई पड़ती हैं/कोमा प्रवेश करती है)

कोमा–(धीरे–धीरे चलती पौधों को देखती हुई)

इन्हें सींचना पड़ता है, नहीं तो इनकी रुखाई और मलिनता सौन्दर्य पर आवरण डाल देती है। **(देखकर)** आज तो इनके पत्ते धुले हुए भी नहीं हैं। इनमें फूल जैसे मुकुलित होकर ही रह गये हैं। खिलखिलाकर हंसने का मानो इन्हें बल नहीं। (सोचकर) ठीक, इधर कई दिनों से महाराज अपने युद्ध-विग्रह में लगे हुए हैं और मैं भी यहां नहीं आयी, तो फिर इनकी चिन्ता कौन करता? उस दिन मैंने यहां और भी दो मञ्च रख देने को कह दिया था, पर सुनता कौन है? सब जैसे रक्त के प्यासे–प्राण लेने और देने में पागल! बसन्त का उदास और अलस पवन आता है, चला जाता है। कोई उसके स्पर्श से परिचित नहीं। ऐसा जीवन तो वास्तविक नहीं? **(सीढ़ी पर बैठकर सोचने लगती है)** प्रणय प्रेम! जब सामने से आते हुए तीव्र आलोक की तरह आंखों में प्रकाश-पुञ्ज उंड़ेल देता है, तब सामने की सब वस्तुएं और भी अस्पष्ट हो जाती हैं, अपनी ओर से कोई भी प्रकाश की किरण नहीं। तब वही, केवल वही! हो पागलपन–भूल हो, दुःख मिले–प्रेम करने

की एक ऋतु होती है। उसमें चूकना, उसमें सोच-समझकर चलना दोनों बराबर हैं। सुना है, दोनों ही संसार के चतुरों की दृष्टि में मूर्ख बनते हैं, तब कोमा–तू किसे अच्छा समझती है? **(गाती है।)**

यौवन! तेरी चञ्चल छाया
इसमें बैठ घूंट भर पी लूं जो रस तू है लाया
मेरे प्याले में मद बनकर कब तू-छली समाया
जीवन-वंशी के छिद्रों में स्वर बनकर लहराया
पल भर रुकने वाले कह–तू पथिक कहां से आया?

{चुप होकर आंखें बन्द किये तन्मय होकर बैठी रहती है/शकराज का प्रवेश/हाथ में एक लम्बी तलवार लिये हुए चिन्तित भाव से आकर इस तरह खड़ा होता है जिससे कोमा को नहीं देखता।}

शकराज–खिंगिल अभी नहीं आया–क्या वह बन्दी तो नहीं कर लिया गया? यदि वे अन्धे नहीं हैं तो उन्हें अपने

सिर पर खड़ी विपत्ति दिखाई देनी चाहिये। **(सोचकर)** विपत्ति, केवल उन्हीं पर तो नहीं है, हम लोगों को भी रक्त की नदी बहानी पड़ेगी। चित्त बड़ा चञ्चल हो रहा है, तो बैठ जाऊं? इस एकान्त में अपने बिखरे हुए मन को सम्भाल लूं? **(इधर-उधर देखता है/कोमा आहट पाकर खड़ी होती है/उसे देखकर)** अरे, कोमा!

कोमा–हां महाराज! क्या आज्ञा है?

शकरोज–(उसे स्निग्ध भाव से देखते हुए) आज्ञा नहीं कोमा! तुम्हें आज्ञा न दूंगा। तुम रूठी हुई-सी क्यों बोल रही हो?

कोमा–रूठने का सुहाग मुझे मिला कब?

शकराज–आजकल मैं जैसी भीषण परिस्थिति में हूं, उसमें अन्यमनस्क होना स्वाभाविक है, तुम्हें यह भूल न जाना चाहिए।

कोमा–तो क्या आपकी दुश्चिन्ताओं में मेरा कोई

भाग नहीं? मुझे उससे अलग रखने से क्या वह परिस्थिति कुछ सरल हो रही है?

शकराज–तुम्हारे हृदय को उन दुर्भावनाओं में डालकर व्यथित नहीं करना चाहता। मेरे सामने जीवन-मरण का प्रश्न है!

कोमा–प्रश्न स्वयं किसी के सामने नहीं आते। मैं तो समझती हूं कि मनुष्य उन्हें जीवन के लिए उपयोगी समझता है। मकड़ी की तरह लटकने के लिए अपने आप ही वह जाल बुनता है। जीवन का प्राथमिक प्रसन्न-उल्लास मनुष्य के भविष्य में मंगल और सौभाग्य को आमन्त्रित करता है। उससे उदासीन न होना चाहिए महाराज!

शकराज–सौभाग्य और दुर्भाग्य मनुष्य की दुर्बलता के नाम हैं। मैं तो पुरुषार्थ को ही सबका नियामक समझता हूं। पुरुषार्थ ही सौभाग्य को खींच लाता है। हां, मैं इस युद्ध के लिए कभी उत्सुक नहीं था, कोमा-मैं ही दिग्विजय के लिए नहीं निकला था।

कोमा–संसार के नियम के अनुसार आप अपने से महान के सम्मुख थोड़ा-सा विनीत बनकर इस उपद्रव से अलग रह सकते थे।

शकराज–यही तो मुझसे नहीं हो सकता।

कोमा–अभावमयी लघुता में मनुष्य अपने को महत्वपूर्ण दिखाने का अभिनय करे तो क्या अच्छा नहीं है?

शकराज–(चिढ़कर) यह शिक्षा अभी रहने दो कोमा, मैं किसी से बड़ा नहीं हूं तो छोटा भी नहीं बनना चाहता। तुम अभी तक पाषाणी-प्रतिमा की तरह वही खड़ी हो–मेंरे पास आओ।

कोमा–पाषाणी! हां, राजा! पाषाणी के भीतर भी कितने मधुर स्रोत बहते रहते हैं। उसमें मदिरा नहीं–शीतल जल की धारा बहती है। प्यासों की तृप्ति।

शकराज–किन्तु मुझे तो इस समय स्फूर्त्ति के लिए एक प्याला मदिरा चाहिए।

कोमा–(स्थिर दृष्टि से देखती हुई) मैं ले आती हूं – आप बैठिये !

{कोमा एक छोटा-सा मञ्च रखकर चली जाती है।}

{शकराज मञ्च पर बैठ जाता है/खिंगिल का प्रवेश।}

शकराज–कहो जी क्या समाचार है ?

खिंगिल–महाराज ! मैंने उन्हें अच्छी तरह समझा दिया कि हम लोगों का अवरोध दृढ़ है–उन्हें दो में से एक करना ही होगा। या तो अपने प्राण दे अथवा हमारे सन्धि के नियमों को स्वीकार करें।

शकराज–(उत्सुकता से) तो वे समझ गए ?

खिंगिल–दूसरा उपाय ही क्या था। यह छोकड़ा रामगुप्त समुद्रगुप्त की तरह दिग्विजय करने निकला था। उसे इन बीहड़ पहाड़ी घाटियों का परिचय नहीं मिला था–किन्तु सब बातों को समझकर वह आपके नियमों को मानने के लिए बाध्य हुआ।

शकराज–**(प्रसन्नता से उठकर उसके दोनों हाथ पकड़ लेता है)** ऐं, तुम सच कहते हो? मुझे आशा नहीं थी! क्या मेरा दूसरा प्रस्ताव भी रामगुप्त ने मान लिया? **(स्वर्ण के कलश में मदिरा लेकर कोमा चुपके से आकर पीछे खड़ी हो जाती है)**

खिंगिल–हां महाराज! उसने मांगे हुए सब उपहारों को देना स्वीकार किया और ध्रुवस्वामिनी भी आपकी सेवा में शीघ्र ही उपस्थित होती है।

{कोमा चौंक उठती है और शकराज प्रसन्नता से खिंगिल के हाथों को झकझोरने लगता है}

शकराज–खिंगिल तुमने कितना सुन्दर समाचार सुनाया। आज देवपुत्रों की स्वर्गीय आत्माएं प्रसन्न होंगी। उनकी पराजयों का यह प्रतिशोध है। हम लोग गुप्तों की दृष्टि में जंगली, बर्बर और असभ्य हैं, तो हमारी प्रतिहिंसा भी बर्बरता के अनुकूल ही होगी। हां, मैंने अपने शूर-सामन्तों के लिए भी स्त्रियां मांगी थीं।

खिंगिल–वे भी साथ आएंगी।

शकराज–तो फिर सोने की झांझवाली नाच का प्रबन्ध करो, इस विजय का उत्सव मनाया जाय और मेरे सामन्तों को भी शीघ्र बुला लाओ।

{खिंगिल का प्रस्थान}

{शकराज अपनी प्रसन्नता में उद्विग्न-सा इधर-उधर टहलने लगता है और कोमा अपना कलश लिए हुए धीरे-धीरे सिंहासन के पास जाकर खड़ी हो जाती है/ चार सामन्तों का प्रवेशदूसरी ओर से नर्तकियों का दल आता है/शकराज उनकी ओर ही देखता हुआ सिंहासन पर बैठ जाता है/नर्तकियां नाचती हुई गाती हैं।}

अस्ताचल पर युवती सन्ध्या की खुली अलक घुंघराली है।
लो-मानिक मदिरा की धारा अब बहने लगी निराली है।
भर ली पहाड़ियों ने अपनी झीलों की रत्नमयी प्याली।

झुक चली चूमने वल्लरियों से लिपटी तरु की डाली है।

यह लगा पिघलने मानिनियों का हृदय मृदु-प्रणय-रोष भरा।

वे हंसती हुई दुलार-मरी मधु लहर उठाने वाली हैं।

भरने निकले हैं प्यार भरे जोड़े कुञ्जों की झुरमुट से।

इस मधुर अन्धेरी में अब तक क्या इनकी प्याली खाली है?

भर उठीं प्यालियां, सुमनों ने सौरभ मकरन्द मिलाया है।

कामिनियों ने अनुराग-भरे अधरों से उन्हें लगा ली है।

वसुधा मदमाती हुई उधर आकाश लगा देखो झुकने।

सब झूम रहे अपने सुख में तूने क्यों बाधा डाली है।

{नर्तकियां जाने लगती हैं।}

एक सामन्त–श्रीमान्! इतनी बड़ी विजय के अवसर पर इस सूखे उत्सव से सन्तोष नहीं होता, जब कि कलश सामने भरा हुआ है।

शकराज–ठीक है इन लोगों को केवल कहकर ही नहीं, प्यालियां भरकर देनी चाहिए।

{नर्तकियां एक-एक को सानुरोध पान कराती हैं}।

दूसरा सामन्त–श्रीमान् की आज्ञा मानने के अतिरिक्त दूसरी गति नहीं। उन्होंने समझ से काम लिया, नहीं तो हम लोगों को इस रात की कालिमा में रक्त की लाली मिलानी पड़ती।

तीसरा सामन्त–क्यों बक-बक करते हो? चुपचाप इस बिना परिश्रम की विजय का आनन्द लो। लड़ना पड़ता तो सारी हेकड़ी भूल जाती।

दूसरा सामन्त–**(क्रोध से लड़खड़ाता हुआ उठता है)** हमसे?

तीसरा सामन्त–हां जी, तुमसे!

दूसरा सामन्त–तो फिर आओ तुम्हीं से निपट लें।

{सब परस्पर लड़ने की चेष्टा करते हैं/शकराज खिंगिल को संकेत करता है/वह उन लोगों को बाहर लिवा जाता है/तूर्यनाद}

शकराज–रात्रि के आगमन की सूचना हो गई। दुर्ग का द्वार अब शीघ्र ही बन्द होगा। अब तो हृदय अधीर हो रहा है–खिंगिल।

{खिंगिल का पुनः प्रवेश}

खिंगिल–दुर्ग तोरण में शिविकायें आ गईं हैं।

शकराज–(गर्व से) तब विलम्ब क्यों? उन्हें अभी ले आओ।

खिंगिल–(सविनय) किन्तु रानी की एक प्रार्थना है।

शकराज–क्या?

खिंगिल–वह केवल श्रीमान् से ही सीधे भेंट करना चाहती हैं। उनकी मर्यादा-

शकराज–(ठठाकर हंसते हुए) क्या कहा? मर्यादा! भाग्य ने झुकने के लिए उन्हें विवश कर दिया है, उन लोगों के मन में मर्यादा का ध्यान और भी अधिक रहता है–यह उनकी दयनीय दशा है।

खिंगिल–वह श्रीमान् की रानी होने के लिए आ रही हैं।

शकराज–(हंसकर) अच्छा, तुम मध्यस्थ हो न। तुम्हारी बात मानकर मैं उनसे एकान्त में ही भेट करूंगा, जाओ।

{खिंगिल का प्रस्थान}

कोमा–महाराज मुझे क्या आज्ञा है?

शकराज–(चौंककर) अरे! तुम अभी यहीं खड़ी हो? मैं तो भूल ही गया था। हृदय चञ्चल हो रहा है। मेरे समीप आओ कोमा!

कोमा–नई रानी के आगमन की प्रसन्नता से?

शकराज–(संभलकर) नई रानी का आना क्या तुम्हें अच्छा नहीं लगा कोमा?

कोमा–(निर्विकार भाव से) संसार में बहुत-सी बातें बिना अच्छी हुए भी अच्छी लगती हैं और बहुत-सी अच्छी बातें बुरी मालूम पड़ती हैं।

शकराज–(झुंझलाकर) तुम तो आचार्य मिहिरदेव की तरह दार्शनिकों की-सी बातें कर रही हो।

कोमा–वे मेरे पिता-तुल्य हैं, उन्हीं की शिक्षा में मैं पली हूं। हां ठीक है, जो बातें राजा को अच्छी लगे, वे ही मुझे भी रुचनी चाहिये।

शकराज–(अव्यवस्थित होकर) अच्छा, तुम इतनी अनुभूतिमयी हो, यह मैं आज जान सका।

कोमा–राजा, तुम्हारी स्नेह-सूचनाओं की सहज प्रसन्नता और मधुर आलाप ने जिस दिन मन के नीरस और नीरव शून्य में संगीत की, वसन्त की और मकरन्द की सृष्टि की थी, उसी दिन से मैं अनुभूतिमयी बन गई हूं। क्या वह मेरा भ्रम था। कह दो-कह दो कि वह तेरी भूल थी?

{उत्तेजित कोमा सिर उठाकर राजा से आंख मिलाती है}

शकराज–(संकोच से) नहीं कोमा, वह भ्रम नहीं था।

मैं सचमुच तुम्हें प्यार करता हूं।

कोमा–(उसी तरह) तब भी यह बात?

शकराज–(सशंक भाव से) कौन-सी बात?

कोमा–वही जो आज होने जा रही है; मेरे राजा। आज तुम एक स्त्री को अपने पति से विच्छिन्न कराकर अपने गर्व की तृप्ति के लिए कैसा अनर्थ कर रहे हो।

शकराज–(हंसकर बात उड़ाते हुए) पगली कोमा! यह मेरी राजनीति व प्रतिशोध है।

कोमा–(दृढ़ता से) किन्तु राजनीति का प्रतिशोध क्या एक नारी को कुचले बिना नहीं हो सकता?

शकराज–जो विषय समझ में न आवे, उस पर विवाद न करो।

कोमा–(खिन्न होकर) मैं क्यों न करूं? **(ठहरकर)** किन्तु नहीं, मुझे विवाद करने का अधिकार नहीं–यह मैं समझ गई।

{दुखी होकर जाना चाहती है/दूसरी ओर से मिहिरदेव का प्रवेश–हाथ में लम्बा त्रिशूल, घुटने तक परिच्छन्द और छाती तक सफेद दाढ़ी।}

शकराज–(सम्भ्रम से खड़े होकर) धर्मपूज्य! मैं वन्दना करता हूं।

मिहिरदेव–कल्याण हो। **(कोमा के सिर पर हाथ रखकर)** बेटी! मैं तुझको ही देखने चला आया। तू उदास क्यों है? **(शकराज की ओर गूढ़ दृष्टि)**

शकराज–आचार्य! रामगुप्त का दर्प-दलन करने के लिए, मैंने ध्रुवस्वामिनी को उपहार में भेजने की आज्ञा दी थी। आज रामगुप्त की रानी मेरे दुर्ग में आयी है। कोमा को इसमें आपत्ति है।

मिहिरदेव–(गम्भीरता से) ऐसे कामों में तो आपत्ति होनी ही चाहिए। राजन्! स्त्री का सम्मान नष्ट करके तुम जो भयानक अपराध करोगे, उसका फल क्या अच्छा

होगा? और भी, यह अपनी भावी पत्नी के प्रति तुम्हारा अत्याचार होगा।

शकराज–(क्षोभ से) भावी पत्नी?

मिहिरदेव–अरे, क्या तुम इस क्षणिक सफलता से प्रमत्त हो जाओगे? क्या तुमने अपने आचार्य की प्रतिपालिता कुमारी के साथ स्नेह का सम्बन्ध नहीं स्थापित किया है? क्या इसमें भी सन्देह है? राजा! स्त्रियों का स्नेह-विश्वास भंग कर देना, कोमल तन्तु को तोड़ने से भी सहज है; परन्तु सावधान होकर उसके परिणाम को भी सोच लो।

शकराज–मैं समझता हूं कि आप मेरे राजनीतिक कामों में हस्तक्षेप न करें तो अच्छा हो।

मिहिरदेव–राजनीति ही मनुष्यों के लिए सब कुछ नहीं है। राजनीति के पीछे नीति से हाथ न धो बैठो, जिसका विश्वमानव के साथ व्यापक सम्बन्ध है। राजनीति की साधारण छलनाओं से सफलता प्राप्त करके क्षण-भर के लिए तुम अपने को चतुर समझने की भूल कर सकते हो, परन्तु इस

भीषण संसार में एक प्रेम करने वाले हृदय को खो देना, सबसे बड़ी हानि है। शकराज! दो प्यार करने वाले हृदयों के बीच में स्वर्गीय-ज्योति का निवास है।

शकराज–बस, बहुत हो चुका। आपके महत्व की भी एक सीमा होगी! अब आप यहां से नहीं जाते हैं, तो मैं ही चला जाता हूं। (प्रस्थान)

मिहिरदेव–चल कोमा! हम लोगों को लताओं, वृक्षों और चट्टानों से छाया और सहानुभूति मिलेगी! इस दुर्ग से बाहर चल!

कोमा–(भर्राये कण्ठ से) पिताजी! (खड़ी रहती है।)

मिहिरदेव–बेटी! हृदय को सम्भाल। कष्ट सहन करने के लिए प्रस्तुत हो जा। प्रतारणा में बड़ा मोह होता है। उसे छोड़ने को मन नहीं करता–कोमा! छल का बहिरंग सुन्दर होता है–विनीत और आकर्षक भी–पर, दुखदायी और हृदय को बेधने के लिए ही। इस बन्धन को तोड़ डाल!

कोमा–(सकरुण) तोड़ डालूं–पिताजी ! मैंने जिसे अपने आंसुओं से सींचा, वही दुलार भरी वल्लरी, मेरे आंखें बन्द कर चलने में मेरे ही पैरों से उलझ गई है। दे दूं एक झटका–उसकी हरी-हरी पत्तियां कुचल जायं और छिन्न होकर धूल में लोटने लगे ? ना, ऐसी कठोर आज्ञा न दो !

मिहिरदेव–(निश्वास लेकर आकाश को देखते हुए) यहां तेरी भलाई होती, तो मैं चलने के लिए न कहता। हम लोग अखरोट की छाया में बैठेंगे–झरनों के किनारे–दाख के कुञ्जों में विश्राम करेंगे। जब नीले आकाश में मेघों के टुकड़े, मानसरोवर जाने वाले हंसों का अभिनय करेंगे, तब तू अपनी तकली पर ऊन कातती हुई कहानी कहेगी और मैं सुनूंगा।

कोमा–तो चलूं ! **(चारों ओर देखकर)** एक घड़ी के लिए मुझे...

मिहिरदेव–(ऊबकर आकाश की ओर देखता हुआ) तू नहीं मानती ! वह देख–नील-लोहित रंग का धूमकेतु

अविचल भाव से इस दुर्ग की ओर कैसा भयानक संकेत कर रहा है।

कोमा–(उधर देखते हुए) तब भी एक क्षण मुझे...

मिहिरदेव–पागल लड़की! अच्छा, मैं फिर आऊंगा। तू सोच ले, विचार कर ले। **{जाता है।}**

कोमा–जाना ही होगा! तब यह मन की उलझन क्यों? अमंगल का अभिशाप अपनी क्रूर हंसी से इस दुर्ग को कंपा देगा, और सुख के स्वप्न विलीन हो जाएंगे। मेरे यहां रहने से उन्हें अपने भावों को छिपाने के लिए बनावटी व्यवहार करना होगा। पग-पग पर अपमानित होकर मेरा हृदय उसे सह नहीं सकेगा। तो चलूं!

शकराज–(प्रवेश करके) कोमा!

कोमा–जाती हूं, राजा!

शकराज–कहां? आचार्य के पास! मालूम होता है कि वे बहुत ही दुखी होकर चले गए हैं।

कोमा–धूमकेतु को दिखाकर उन्होंने मुझसे कहा है कि तुम्हारे दुर्ग में रहने से अमंगल होगा।

शकराज–(भयभीत होकर उसे देखता हुआ) ओह भयावनी पूंछवाला धूमकेतु ! आकाश का उच्छृंखल पर्यटक ! नक्षत्र लोक का अभिशाप ! कोमा ! आचार्य को बुलाओ–वे जो आदेश देंगे वही करूंगा। इस अमंगल की शान्ति होनी चाहिये।

कोमा–वे बहुत चिढ़ गये हैं। अब उनको प्रसन्न करना सहज नहीं है। वे मुझे अपने साथ लिवा जाने के लिए मेरी प्रतीक्षा में होंगे।

शकराज–कोमा ! तुम कहां जाओगी ?

कोमा–पिताजी के साथ।

शकराज–और मेरा प्यार, स्नेह सब भुला दोगी ? इस अमंगल की शान्ति करने के लिए आचार्य को न समझाओगी ? ।

कोमा–(खिन्न होकर) प्रेम का नाम न लो। वह एक

पीड़ा थी, जो छूट गई। उसकी कसक भी धीरे-धीरे दूर हो जाएगी। राजा, मैं तुम्हें प्यार नहीं करती। मैं तो दर्प से दीप्त तुम्हारी महत्वमयी पुरुषमूर्ति की पुजारिन थी, जिसमें पृथ्वी पर अपने पैरों से खड़े रहने की दृढ़ता थी। इस स्वार्थ-मलिन कलुष से भरी मूर्ति से मेरा परिचय नहीं। अपने तेज की अग्नि में जो सब कुछ भस्म कर सकता हो–उस दृढ़ता का–आकाश के नक्षत्र कुछ बना-बिगाड़ नहीं सकते। तुम आशंका-मात्र से दुर्बल–कम्पित और भयभीत हो।

शकराज–(धूमकेतु को बार-बार देखता हुआ) भयानक! कोमा–मुझे बचाओ।

कोमा–जाती हूं महाराज! पिताजी मेरी प्रतीक्षा करते होंगे। **{जाती है}**

{शकराज अपने सिंहासन पर हताश बैठ जाता है}

प्रहरी–(प्रवेश करके) महाराज! ध्रुवस्वामिनी ने पूछा है कि एकान्त हो तो आऊं।

शकराज–हां, कह दो कि यहां एकान्त है। और देखो, यहां कोई दूसरा न आने पावे।

{प्रहरी जाता है/शकराज चञ्चल होकर टहलने लगता है/धूमकेतु की ओर दृष्टि जाती है, तो भयभीत होकर बैठ जाता है।}

शकराज–तो इसका कोई उपाय नहीं? न जाने क्यों मेरा हृदय घबरा रहा है। कोमा को समझा-बुझाकर ले आना चाहिये। **(सोचकर)** किन्तु इधर ध्रुवस्वामिनी जो आ रही है। तो भी देखूं, यदि कोमा प्रसन्न हो जाय। **(प्रस्थान)**

{स्त्री–वेश में आगे चन्द्रगुप्त और पीछे ध्रुवस्वामिनी स्वर्णखचित उत्तरीय में अंग छिपाये आते हैं/खुले मुखों पर प्रसन्न चेष्टा दिखाई देती है।}

चन्द्रगुप्त–आज तुम कितनी प्रसन्न हो!

ध्रुवस्वामिनी–और तुम क्या नहीं?

चन्द्रगुप्त–मेरे जीवन-निशीथ का ध्रुव-नक्षत्र इस अन्धकार में अपनी स्थिर उज्ज्वलता से चमक रहा है। आज महोत्सव है न!

ध्रुवस्वामिनी–लौट जाओ, इस तुच्छ नारी-जीवन के लिए इतने महान् उत्सर्ग की आवश्यकता नहीं।

चन्द्रगुप्त–देवि! यह तुम्हारा क्षणिक मोह है। मेरी परीक्षा न लो। मेरे शरीर ने चाहे जो रूप धारण किया हो, किन्तु हृदय निश्छल है।

ध्रुवस्वामिनी–अपनी कामना की वस्तु न पाकर यह आत्महत्या जैसा प्रसंग तो नहीं है?

चन्द्रगुप्त–तीखे वचनों से मर्माहत करके भी आज कोई मुझे इस मृत्यु-पथ से विमुख नहीं कर सकता। मैं केवल अपना कर्त्तव्य करूं, इसी में मुझे सुख है।

{ध्रुवस्वामिनी संकेत करती है/शकराज का प्रवेश/दोनों चुप हो जाते हैं वह दोनों को चकित होकर देखता है।}

शकराज–मैं किसको रानी समझें? रूप का ऐसा तीव्र आलोक! नहीं, मैंने कभी नहीं देखा था। इसमें कौन ध्रुवस्वामिनी है?

ध्रुवस्वामिनी–**(आगे बढ़कर)** यह मैं आ गई हूं।

चन्द्रगुप्त–**(हंसकर)** शकराज को तुम धोखा नहीं दे सकती हो। ध्रुवस्वामिनी कौन है?, यह एक अन्धा भी बता सकता है।

ध्रुवस्वामिनी–**(आश्चर्य से)** चन्द्रे! तुमको क्या हो गया है? यहां आने पर तुम्हारी इच्छा रानी बनने की हो गई है? या मुझे शकराज से बचा लेने के लिए यह तुम्हारी स्वामिभक्ति है?

{शकराज चकित होकर दोनों की ओर देखता है।}

चन्द्रगुप्त–कौन जाने तुम्हीं ऐसा कर रही हो?

ध्रुवस्वामिनी–चन्द्रे! तुम मुझे दोनों ओर से नष्ट न

करो। यहां से लौट जाने पर भी क्या मैं गुप्त-कुल के अन्तःपुर में रहने पाऊंगी?

चन्द्रगुप्त–चन्द्रे कहकर मुझको पुकारने से तुम्हारा क्या तात्पर्य है? यह अच्छा झगड़ा फैलाया। इसीलिए मैंने एकान्त में मिलने की प्रार्थन की थी।

धुवस्वामिन–तो क्या मैं यहां भी छली जाऊंगी।

शकराज–ठहरो। **(दोनों को ध्यान से देखता हुआ)** क्या चिन्ता यदि मैं दोनों को रानी समझ लूं?

ध्रुवस्वामिनी–ऐं?

चन्द्रगुप्त–हैं?

शकराज–क्यों? इसमें क्या बुरी बात है?

चन्द्रगुप्त–जी नहीं, यह नहीं हो सकता। ध्रुवस्वामिनी कौन है, पहले इसका निर्णय होना चाहिए।

ध्रुवस्वामिनी–(क्रोध से) चन्द्रे! मेरे भाग्य के आकाश में धूमकेतु–सी अपनी गति बन्द करो।

शकराज–(धूमकेतु की ओर देखकर भयभीत-सा) ओह भयानक!

{व्यग्रभाव से टहलने लगता है।}

चन्द्रगुप्त–(शकराज की पीठ पर हाथ रखकर) सुनिये–

ध्रुवस्वामिनी–चन्द्रे!

चन्द्रगुप्त–इस धमकी से तो कोई लाभ नहीं।

ध्रुवस्वामिनी–तो फिर मेरा और तुम्हारा जीवन-मरण साथ ही होगा।

चन्द्रगुप्त–तो डरता कौन है!

{दोनों शीघ्रता-से कटार निकालते हैं।}

शकराज–(घबराकर) हैं, यह क्या? तुम लोग यह क्या कर रही हो? ठहरो–आचार्य ने ठीक कहा है, आज शुभ मुहूर्त नहीं। मैं कल विश्वसनीय व्यक्ति को बुलाकर इसका निश्चय कर लूंगा। आज तुम लोग विश्राम करो।

ध्रुवस्वामिनी–नहीं, इसका निश्चय तो आज ही होना चाहिये।

शकराज–(बीच में खड़ा होकर) मैं कहता हूं न।

चन्द्रगुप्त–वाह रे कहने वाले!

{ध्रुवस्वामिनी मानो चन्द्रगुप्त के आक्रमण से भयभीत होकर पीछे हटती है और तूर्यनाद करती है/शकराज आश्चर्य से उसे सुनता हुआ सहसा घूमकर चन्द्रगुप्त का हाथ पकड़ लेता है/ध्रुवस्वामिनी झटके से चन्द्रगुप्त का उत्तरीय खींच लेती है और चन्द्रगुप्त हाथ छुड़ाकर शकराज को घेर लेता है।}

शकराज–(चकित-सा) ऐं, यह तुम कौम प्रवञ्चक?

चन्द्रगुप्त–मैं हूं चन्द्रगुप्त–तुम्हारा काल। अकेला आया हूं, तुम्हारी वीरता परीक्षा लेने–सावधान!

{शकराज भी कटार निकालकर युद्ध के लिए अग्रसर होता है/युद्ध और शकराज की मृत्यु/बाहर दुर्ग में

कोलाहल/'ध्रुवस्वामिनी की जय' का हल्ला मचाते हुए रक्ताक्त कलेवर सामन्त-कुमारों का प्रवेश/ध्रुवस्वामिनी और चन्द्रगुप्त को घेरकर समवेत स्वर से-'देवी ध्रुवस्वामिनी की जय'}

{दृश्यान्तर}

तीन

(शक-दुर्ग के भीतर एक प्रकोष्ठ/केन्द्रित गुलाबी आलोक में एक मञ्च पर ध्रुवस्वामिनी पादपीठ के ऊपर बायें पर दाहिना पैर रखकर अधरों से उंगली लगाये चिन्तामग्न बैठी है/बाहर कुछ कोलाहलं है)

सैनिक–(प्रवेश करके) महादेवी की जय हो!

ध्रुवस्वामिनी–(चौंककर) क्या है?

सैनिक–विजय का समाचार सुनकर राजाधिराज भी दुर्ग में आ गये हैं। अभी तो वे सैनिकों से बातें कर रहे हैं। उन्होंने पूछा है–महादेवी कहां हैं? आपकी जैसी आज्ञा हो, क्योंकि कुमार ने कहा है–

ध्रुवस्वामिनी–क्या कहा है? यही न कि मुझसे पूछकर राजा यहां आने पावें? ठीक है, अभी मैं बहुत थकी हूं। **(सैनिक जाने लगता है, उसे रोककर)** और सुनो तो, तुमने यह नहीं बताया कि कुमार के घाव अब कैसे हैं?

सैनिक–घाव चिन्ताजनक नहीं हैं। उन पर पट्टियां बन्ध चुकी हैं। वे प्रधान-मण्डप में विश्राम कर रहे हैं।

ध्रुवस्वामिनी–अच्छा जाओ।

{सैनिक का प्रस्थान}

मन्दाकिनी–(सहसा प्रवेश करके) भाभी बधाई! **(जैसे भूल कर गई हो)** नहीं-नहीं? महादेवी, क्षमा कीजिये।

ध्रुवस्वामिनी–मन्दा भूल से ही तुमने आज एक प्यारी बात कह दी। उसे क्या लौटा लेना चाहती हो? आह–यदि वह सत्य होती?

{पुरोहित का प्रवेश}

मन्दाकिनी–क्या इसमें भी सन्देह है?

ध्रुवस्वामिनी–मुझे तो सन्देह का इन्द्रजाल ही दिखाई पड़ रहा है। मैं न तो महादेवी हूं और न तुम्हारी भाभी।

{पुरोहित को देखकर चुप हो जाती है}

पुरोहित–(आश्चर्य से इधर-उधर देखता हुआ) तब मैं क्या करूं?

मन्दाकिनी–क्यों, आपको कुछ कहना है क्या?

पुरोहित–ऐसे उपद्रवों के बाद शान्तिकर्म का होना आवश्यक है। इसलिए मैं स्वस्त्ययन करने आया था, किन्तु आप तो कहती हैं कि मैं महादेवी ही नहीं हूं।

ध्रुवस्वामिनी–(तीखे स्वर में) पुरोहित जी–मैं राजनीति नहीं जानती, किन्तु इतना समझती हूं कि जो रानी शत्रु के उपहार में भेज दी जाती है, वह महादेवी की उच्च पदवी से पहले ही वंञ्चित हो गई होगी।

मन्दाकिनी–किन्तु आप तो भाभी होना भी अस्वीकार करती हैं।

ध्रुवस्वामिनी–भाभी कहने का तुम्हें रोग हो तो कह लो, क्योंकि इन्हीं पुरोहित जी ने उस दिन कुछ मन्त्रों को पढ़ा था। उस दिन के बाद मुझे कभी राजा से सरल सम्भाषण करने का अवसर ही न मिला। हां, न जाने मेरे किस अपराध पर सन्दिग्ध-चित्त होकर उन्होंने जब मुझे निर्वासित किया, तब मैंने उनसे अपने स्त्री होने के अधिकार की रक्षा की भीख मांगी थी। वह भी न मिली और मैं बलि-पशु की तरह अकरुण-आज्ञा की डोर में बंधी हुई शकदुर्ग में भेज दी गई–तब भी तुम मुझे भाभी कहना चाहती हो?

मन्दाकिनी–(सिर झुकाकर) यह गर्हित और ग्लानि-जनक प्रसंग है।

पुरोहित–यह मैं क्या सुन रहा हूं? मुझे तो यह

जानकर प्रसन्नता हुई थी कि वीर-रमणी की तरह अपने साहस के बल पर महादेवी ने इस दुर्ग पर अपना अधिकार किया है।

ध्रुवस्वामिनी–आप झूठ बोलते हैं।

पुरोहित–(आश्चर्य से) मैं और झूठ!

ध्रुवस्वामिनी–हां, आप और झूठ। नहीं–स्वयं आप ही मिथ्या हैं।

पुरोहित–(हंसकर) क्या आप वेदान्त की बात कहती हैं? तब तो संसार ही मिथ्या है।

ध्रुवस्वामिनी–(क्रोध से) संसार मिथ्या है या नहीं, यह तो मैं नहीं जानती, परन्तु आप–आपका कर्मकाण्ड और आपके शास्त्र क्या सत्य हैं, जो सदैव रक्षणीया स्त्री की यह दशा हो रही है?

पुरोहित–(मन्दाकिनी से) बेटी! तुम्हीं बताओ, यह मेरा भ्रम है या महादेवी का रोष?

ध्रुवस्वामिनी–रोष है, हां मैं रोष से जली जा रही हूं। इतना बड़ा उपहास-धर्म के नाम पर स्त्री की आज्ञाकारिता की यह पैशाचिक परीक्षा–मुझसे बलपूर्वक ली गई है। पुरोहित ! तुमने जो मेरा राक्षस-विवाह कराया–उसका उत्सव भी कितना सुन्दर है। यह जन-संहार देखो, अभी उस प्रकोष्ठ में रक्त से सनी हुई शकराज की लोथ पड़ी होगी। कितने ही सैनिक दम तोड़ते होंगे। और इस रक्तधारा में तिरती हुई मैं राक्षसी-सी सांस ले रही हूं। तुम्हारा स्वस्त्ययन मुझे शन्ति देगा ?

मन्दाकिनी–आर्य ! आप बोलते क्यों नहीं ? आप धर्म के नियामक हैं। जिन स्त्रियों को धर्म-बन्धन में बांधकर, उनकी सम्मति के बिना आप उनके सब अधिकार छीन लेते हैं, तब क्या धर्म के पास कोई प्रतिकार–कोई संरक्षण नहीं रख छोड़ते, जिससे वे स्त्रियां अपनी आपत्ति में अवलम्ब मांग सकें ? क्या भविष्य के सहयोग की कोरी कल्पना से उन्हें आप सन्तुष्ट रहने की आज्ञा देकर विश्राम ले लेते हैं ?

पुरोहित–नहीं, स्त्री और पुरुष की परस्पर विश्वासपूर्वक अधिकार-रक्षा और सहयोग ही तो विवाह कहा जाता है। यदि ऐसा न हो तो धर्म और विवाह खेल हैं?

ध्रुवस्वामिनी–खेल हो या न हो, किन्तु एक क्लीव पति के द्वारा परित्यक्ता नारी का मृत्यु के मुख में जाना ही मंगल है। उसे स्वस्त्ययन और शान्ति की आवश्यकता नहीं।

पुरोहित–**(आश्चर्य से)** यह मैं क्या सुन रहा हूं? विश्वास नहीं होता। यदि ये बातें सत्य हैं, तब तो मुझे फिर से एक बार धर्म-शास्त्र देखना पड़ेगा। **(प्रस्थान)**

{मिहिरदेव के साथ कोमा का प्रवेश}

ध्रुवस्वामिनी–तुम लोग कौन हो?

कोमा–मैं पराजित शक-जाति की एक बालिका हूं।

ध्रुवस्वामिनी–और?

कोमा–और! मैंने प्रेम किया था।

ध्रुवस्वामिनी–इस घोर अपराध का तुम्हें दण्ड क्या मिला?

कोमा–वहीं जो स्त्रियों को प्रायः मिला करता है–निराशा, निष्पीड़न और उपहास। रानी, मैं तुमसे भीख मांगने आई हूं।

ध्रुवस्वामिनी–शत्रुओं के लिए मेरे पास कुछ नहीं है। अधिक हठ करने पर दण्ड मिलना असम्भव नहीं।

मिहिरदेव–(दीर्घ निश्वास लेकर) पागल लड़की, हो चुका न? अब भी तू न चलेगी? **(कोमा सिर झुका लेती है)**

मन्दाकिनी–तुम चाहती क्या हो?

कोमा–रानी तुम भी स्त्री हो। क्या स्त्री की व्यथा न समझोगी? आज तुम्हारे विजय का अंहकार चाहे तुम्हारे शाश्वत स्त्रीत्व को ढंक ले, किन्तु सबके जीवन में एक बार प्रेम की दीपावली जलती है। जली होगी–अवश्य,

तुम्हारे भी जीवन में वह आलोक-महोत्सव आया होगा, जिसमें हृदय-हृदय को पहचानने का प्रयत्न करता है, उदार बनता है और सर्वस्व दान करने का उत्साह रखता है! मुझे शकराज का शव चाहिये।

ध्रुवस्वामिनी–(सोचकर) जलो, प्रेम के नाम पर जलना चाहती हो तो तुम उस शव को लेकर जलो। जीवित रहने पर मालूम होता है कि तुम्हें अधिक शीतलता मिल चुकी है। अवश्य, तुम्हारा जीवन धन्य है! (सैनिक से) इसे ले जाने दो।

(कोमा और मिहिरदेव का प्रस्थान)

मन्दाकिनी–स्त्रियों के इस बलिदान का भी कोई मूल्य नहीं! कितनी असहाय दशा है। अपने निर्बल और अवलम्ब खोजने वाले हाथों से यह पुरुष के चरणों को पकड़ती है और वे सदैव इनको तिरस्कार, घृणा और दुर्दशा की भिक्षा से उपकृत करते हैं–तब भी ये बावली क्या मानती हैं?

ध्रुवस्वामिनी–भूल है–भ्रम है। **(ठहरकर)** किन्तु उसका कारण भी है। पराधीनता की एक परम्परा-सी उनकी नस-नस में–उनकी चेतना में न जाने किस युग से घुस गई है। उन्हें समझकर भी भूल करनी पड़ती है। क्या वह मेरी भूल न थी–जब मुझे निर्वासित किया गया, तब मैं आत्म-मर्यादा के लिए कितनी तड़प रही थी और राजाधिराज रामगुप्त के चरणों में रक्षा के लिए गिरी, पर कोई उपाय चला? नहीं। पुरुषों की प्रभुता का जाल मुझे अपने निर्दिष्ट पथ पर ले ही आया मन्दा! यह दुर्ग-विजय मेरी सफलता है या मेरा दुर्भाग्य, इसे मैं नहीं समझ सकी हूं। राजा से मैं सामना करना नहीं चाहती। पृथ्वी तल से जैसे एक साकार घृणा निकलकर मुझे अपने पीछे लौट चलने का संकेत कर रही है। क्यों–क्या यह मेरे मन का कलुष है? या मैं मानसिक पाप कर रहीं हूं?

{उन्मत्त भाव से प्रस्थान}

मन्दाकिनी–नारी हृदय–जिसके मध्य-बिन्दु से सटकर,

शास्त्र का एक मन्त्र कील की तरह गड़ गया है और उसे अपने सरल प्रवर्त्तन-चक्र में घूमने से रोक रहा है–निश्चय ही वह कुमार चन्द्रगुप्त की अनुरागिनी है।

चन्द्रगुप्त–(सहसा प्रवेश करके) कौन–मन्दा!

मन्दाकिनी–अरे कुमार! अभी थोड़ा विश्राम करते।

चन्द्रगुप्त–(बैठते हुए) विश्राम! मुझे कहां विश्राम? मैं अभी यहां से प्रस्थान करने वाला हूं। मेरा कर्त्तव्य पूरा हो चुका। अब यहां मेरा ठहरना अच्छा नहीं।

मन्दाकिनी–किन्तु भाभी की जो बुरी दशा है।

चन्द्रगुप्त–क्यों उन्हें क्या हुआ? **(मन्दाकिनी चुप रहती है)** बोलो, मुझे अवकाश नहीं। राजाधिराज का सामना होते ही क्या हो जाएगा–मैं नहीं कह सकता, क्योंकि अब यह राजनीतिक छल-प्रपञ्च मैं नहीं सह सकता।

मन्दाकिनी–किन्तु उन्हें असहाय अवस्था में छोड़कर आपका जाना क्या उचित होगा? और–**(चुप हो जाती है।)**

चन्द्रगुप्त–और क्या? वह क्यों नहीं कहती हो?

मन्दाकिनी–तो क्या उसे भी कहना होगा? महादेवी बनने के पहले ध्रुवस्वामिनी का जो मनोभाव था, वह क्या आपसे छिपा है?

चन्द्रगुप्त–किन्तु मन्दा? उसकी चर्चा करने से क्या लाभ?

मन्दाकिनी–हृदय में नैतिक साहस, वास्तविक प्रेरणा पौरुष की पुकार एकत्र करके सोचिये तो कुमार, कि अब आपको क्या करना चाहिये? **(चन्द्रगुप्त चिन्तित भाव से टहलने लगता है/नेपथ्य में कुछ लोगों के आने–जाने का शब्द और कोलाहल)** देखूं तो यह क्या है? और महादेवी कहां गईं? **(प्रस्थान)**

चन्द्रगुप्त–विधान की स्याही का एक बिन्दु गिरकर भाग्य-लिपि पर कालिमा चढ़ा देता है। आज मैं यह स्वीकार करने में भी संकुचित हो रहा हूं कि ध्रुवस्वामिनी मेरी है। **(ठहरकर)** हां, वह मेरी है, उसे मैंने आरम्भ से ही अपनी

सम्पूर्ण भावना से प्यार किया है। मेरे हृदय के गहन अन्तस्तल से निकली हुई यह मूक स्वीकृति आज बोल रही है। मैं पुरुष हूं? नहीं, मैं अपना वैभव और अधिकार दूसरों को अन्याय से छीनते देख रहा हूं और मेरी वाग्दत्ता पत्नी मेरे ही अनुत्साह से आज मेरी नहीं रही। नहीं–यह शील का कपट, मोह और प्रवञ्चना है। मैं जो हूं, वही तो स्पष्ट रूप से नहीं प्रकट कर सका। यह कैसी विडम्बना है। विनय के आवरण में मेरी कायरता अपने को कब तक छिपा सकेगी?

{एक ओर से मन्दाकिनी का प्रवेश}

मन्दाकिनी–शकराज का शव लेकर जाते हुए आचार्य और उनकी कन्या का राजाधिराज के साथी सैनिकों ने वध कर डाला।

ध्रुवस्वामिनी–(प्रवेश करके) ऐं! **(दूसरी ओर से सामन्त कुमारों का प्रवेश)**

सामन्त कुमार–(सब एक साथ ही) स्वामिनी! आपकी

आज्ञा के विरुद्ध राजाधिराज ने निरीह शकों का संहार करवा दिया है।

ध्रुवस्वामिनी–फिर आप लोग इतने चञ्चल क्यों हैं? राजा को आज्ञा देनी चाहिये और प्रजा को नत-मस्तक होकर उसे मानना होगा।

सामन्त कुमार–किन्तु अब वह असह्य है। राजत्ता के अस्तित्व की घोषणा के लिए इतना भयंकर प्रदर्शन। मैं तो कहूंगा, इस दुर्ग में, आपकी आज्ञा के बिना राजा का आना अन्याय है।

ध्रुवस्वामिनी–मेंरे वीर सहायको! मैं तो स्वयं एक परित्यक्ता और हतभागिनी स्त्री हूं। मुझे तो अपनी स्थिति की कल्पना से भी क्षोभ हो रहा है। मैं क्या कहूं?

सामन्त कुमार–मैं सच कहता हूं, रामगुप्त–जैसे राजपद को कलुषित करने वाले के लिए मेरे हृदय में तनिक भी श्रद्धा नहीं। वे विजय का उत्साह दिखाने यहां

किस मुंह से आये–जो हिंसक, पाखण्डी, क्षीव और क्लीव हैं।

रामगुप्त–(सहसा शिखरस्वामी के साथ प्रवेश करके) क्या कहा? फिर से तो कहना।

सामन्त कुमार–गुप्त-कुल के गौरव को कलंक-कालिमा के सागर में निमज्जित करने वाले–

शिखरस्वामी–(उसे बीच में ही रोककर) चुप रहो! क्या तुम लोग किसी के बहकाने से आवेश में आ गये हो? **(चन्द्रगुप्त की ओर देखकर)** कुमार यह क्या हो रहा है?

रामगुप्त–दुर्विनीत, पाखण्डी, पामरो। तुम्हें इस धृष्टता का क्रूर दण्ड भोगना पड़ेगा। **(नेपथ्य की ओर देखकर)** इन विद्रोहियों को बन्दी करो।

(रामगुप्त के सैनिक आकर सामन्तु-कुमारों को बन्दी बनाते हैं/रामगुप्त का संकेत पाकर सैनिक लोग

चन्द्रगुप्त की ओर भी बढ़ते हैं और चन्द्रगुप्त श्रृंखला में बंध जाता है)

ध्रुवस्वामिनी–कुमार! मैं कहती हूं कि तुम प्रतिवाद करो। किस अपराध के लिए यह दण्ड ग्रहण कर रहे हो?

(चन्द्रगुप्त एक दीर्घ निश्वास लेकर चुप रह जाता है)

रामगुप्त–(हंसकर) कुचक्री क्या बोलेंगे?

ध्रुवस्वामिनी–और जो लोग बोल सकते हैं, जो अपनी पवित्रता की दुन्दुभी बजाते हैं, वे सब-के-सब साधु होते हैं न? (चन्द्रगुप्त से) कुमार! तुम्हारी जिह्वा पर तो कोई बन्धन नहीं। कहते क्यों नहीं कि मेरा यही अपराध है कि मैंने कोई अपराध नहीं किया।

रामगुप्त–महादेवी!

ध्रुवस्वामिनी–(उसे न सुनते हुए चन्द्रगुप्त से) झटक दो इन लौह श्रृंखलाओं को। यह मिथ्या ढोंग कोई नहीं सहेगा–तुम्हारा क्रुद्ध दुर्दैव भी नहीं।

रामगुप्त–(डांटकर) महादेवी! चुप रहो!

ध्रुवस्वामिनी–(तेजस्विता से) कौन महादेवी? राजा! क्या अब भी मैं महादेवी ही हूं? जो शकराज की शय्या के लिए क्रीत-दासी की तरह भेजी गई हो, वह भी महादेवी! आश्चर्य!

शिखरस्वामी–देवी, इस राजनीतिक चातुरी में जो सफलता।

ध्रुवस्वामिनी–(पैर पटककर) चुप रहो। प्रवञ्चना के पुतले! स्वार्थ के घृणित प्रपञ्च–चुप रहो।

रामगुप्त–तो तुम महादेवी नहीं हो न?

ध्रुवस्वामिनी–नहीं! मनुष्य की दी हुई उपाधि मैं लौटा देती हूं।

रामगुप्त–और मेरी सहधर्मिणी?

ध्रुवस्वामिनी–धर्म ही इसका निर्णय करेगा।

रामगुप्त–ऐं, क्या इसमें भी सन्देह।

ध्रुवस्वामिनी–उसे अपने हृदय से पूछिये कि क्या मैं वास्तव में सहधर्मिणी हूं?

{पुरोहित का प्रवेश/सामने सबको देखकर चौंक उठता है/शिखरस्वामी उसे चले जाने का संकेत करता है}

पुरोहित–नहीं, मैं नहीं जाऊंगा। प्राणि-मात्र के अन्तस्तल में जाग्रत रहने वाले महान विचारक, धर्म की आज्ञा मैं न टाल सकूंगा। अभी जो प्रश्न, अपनी गम्भीरता में भीषण होकर आप लोगों को विचलित कर रहा है, उसका उत्तर देने का अधिकारी मैं ही हूं। विवाह से धर्म-शास्त्र का घनिष्ठ सम्बन्ध है।

ध्रुवस्वामिनी–आप सत्यवादी ब्राह्मण हैं। कृपा करके बताइये –

शिखरस्वामी–(विनय से उसे रोककर) मैं समझता हूं कि इस विवाद को अधिक बढ़ाने से कोई लाभ नहीं।

ध्रुवस्वामिनी–नहीं, मेरी इच्छा इस विवाद का अन्त करने की है। आज यह निर्णय हो जाना चाहिए कि मैं कौन हूं?

रामगुप्त–ध्रुवस्वामिनी, निर्लज्जता की भी एक सीमा होती है।

ध्रुवस्वामिनी–मेरी निर्लज्जता का दायित्व क्लीव का पुरुष पर है। स्त्री की लज्जा लूटने वाले उसे दस्यु के लिए मैं...।

रामगुप्त–(रोककर) चुप रहो। तुम्हारा पर-पुरुष में अनुरक्त हृदय अत्यन्त कलुषित हो गया है। तुम कालसर्पिणी-सी स्त्री–ओह! तुम्हें धर्म का तनिक भी भय नहीं। शिखर! इसे भी बन्दी करो।

पुरोहित–ठहरिये! महाराज–ठहरिये! धर्म की ही बात मैं सोच रहा था।

शिखरस्वामी–(क्रोध से) मैं कहता हूं कि तुम चुप न

रहोगे तो तुम्हारी भी यही दशा होगी। **(सैनिक आगे बढ़ता है।)**

मन्दाकिनी–(उसे रोककर) महाराज पुरुषार्थ का इतना बड़ा प्रहसन! अबला पर ऐसा अत्याचार! यह गुप्त-सम्राट के लिए शोभा नहीं देता।

रामगुप्त–(सैनिक से) क्या देखते हो जी!

(सैनिक आगे बढ़ता है और चन्द्रगुप्त आवेश में आकर लौह-श्रृंखला तोड़ डालता है/सब आश्चर्य और भय से देखते हैं)

चन्द्रगुप्त–मैं भी आर्य समुद्रगुप्त का पुत्र हूं और शिखरस्वामी तुम यह अच्छी तरह जानते हो कि मैं ही उनके द्वारा निर्वाचित युवराज भी हूं। तुम्हारी नीचता अब असह्य है। तुम अपने राजा को लेकर इस दुर्ग से सकुशल बाहर चले जाओ। यहां अब मैं ही शकराज के समस्त अधिकारों का स्वामी हूं।

रामगुप्त–**(भयभीत होकर चारों ओर देखता हुआ)** क्या?

ध्रुवस्वामिनी–**(चन्द्रगुप्त से)** यही तो कुमार!

चन्द्रगुप्त–**(सैनिकों से डपटकर)** मुक्त करो इन सामन्त कुमारों को!

{सैनिक वैसा ही करते हैं और शिखरस्वामी के संकेत से रामगुप्त धीरे-धीरे भय से पीछे हटता हुआ बाहर चला जाता है।}

शिखरस्वामी–कुमार! इस कलह को मिटाने के लिए हम लोगों को परिषद् का निर्णय माननीय होना चाहिये। मुझे आपके आधिपत्य से कोई विरोध नहीं है, किन्तु सब काम विधान के अनुकूल होना चाहिये। मैं कुलवृद्धों को और सामन्तों को, जो यहां उपस्थित हैं, लिवा लाने जाता हूं। **(प्रस्थान)**

{सैनिक लोग और भी मञ्च ले आते हैं और सामन्त कुमार अपने खड्गों को खींचकर चन्द्रगुप्त के

पीछे खड़े हो जाते हैं/ध्रुवस्वामिनी और चन्द्रगुप्त परस्पर एक-दूसरे को देखते हुए खड़े रहते हैं/कुल-वृद्धों की परिषद् के साथ रामगुप्त का प्रवेश/सब लोग मञ्च पर बैठते हैं}

पुरोहित–कुमार! आसन ग्रहण कीजिये।

चन्द्रगुप्त–मैं अभियुक्त हूं।

शिखरस्वामी–बीती हुई बातों को भूल जाने में ही भलाई है। भाई-भाई की तरह गले से लगकर गुप्त-कुल का गौरव बढ़ाइये।

चन्द्रगुप्त–अमात्य, तुम गौरव किसको कहते हो? वह है कहीं? रोग जर्जर शरीर पर अलंकारों की सजावट, मलिनता और कलुष की ढेरी पर बाहरी कुंकुम-केसर का लेप गौरव नहीं बढ़ाता। कुटिलता की प्रतिमूर्ति–बोलो! मेरी वाग्दत्त पत्नी और पिता द्वारा दिये हुए मेरे सिंहासन का अपहरण किसके संकेत से हुआ? और छल से...।

रामगुप्त–यह उन्मत्त प्रलाप बन्द करो। चन्द्रगुप्त! तुम मेरे भाई ही हो न। मैं तुमको क्षमा करता हूं।

चन्द्रगुप्त–मैं उसे मांगता नहीं और क्षमा देने का अधिकार भी तुम्हारा नहीं रहा। आज तुम राजा नहीं हो। तुम्हारे पाप प्रायश्चित्त की पुकार कर रहे हैं। न्यायपूर्ण निर्णय की प्रतीक्षा करो और अभियुक्त बनकर अपने अपराधों को सुनो।

मन्दाकिनी–**(ध्रुवस्वामिनी को आगे खींचकर)** यह है गुप्त-कुल की वधू।

रामगुप्त–मन्दा!

मन्दाकिनी–राजा का भय मन्दा का गला नहीं घोंट सकता! तुम लोगों में यदि कुछ भी बुद्धि होती, तो इसे–अपनी कुल मर्यादा-नारी को–शत्रु के दुर्ग में यों न भेजते। भगवान ने स्त्रियों को उत्पन्न करते ही अधिकारों से वंचित नहीं किया है। तुम लोगों की दस्यु-वृत्ति ने उन्हें

लूटा है। इस परिषद् से मेरी प्रार्थना है कि आर्य समुद्रगुप्त का विधान तोड़कर जिन लोगों ने राज-किल्विष किया है उन्हें दण्ड मिलना चाहिये।

शिखरस्वामी–तुम क्या कर रही हो?

मन्दाकिनी–मैं तुम लोगों की नीचता की गाथा सुना रही हूं, अनार्य! सुन नहीं सकते? तुम्हारी प्रवञ्चनाओं ने जिस नरक की सृष्टि की है, उसका अन्त समीप है। यह साम्राज्य किसका है? आर्य समुद्रगुप्त ने किसे युवराज बनाया था? चन्द्रगुप्त को या इस क्लीव रामगुप्त को, जिसने छल और बल से विवाह करके भी नारी को अन्य पुरुष की अनुरागिनी बताकर दण्ड देने के लिए आज्ञा दी है। वही रामगुप्त, जिसने कापुरुषों की तरह इस स्त्री को शत्रु के दुर्ग में बिना विरोध किये भेज दिया था–तुम्हारे गुप्त साम्राज्य का सम्राट है और यह ध्रुवस्वामिनी! जिसे कुछ दिनों तक तुम लोगों ने महादेवी कहकर सम्बोधित किया है, क्या है? कौन है? और

उसका कैसा अस्तित्व है? कहीं धर्मशास्त्र हो तो उसका मुंह खुलना चाहिये।

पुरोहित–शिखर! मुझे अब भी बोलने दोगे या नहीं। मैं राज्य के सम्बन्ध में कुछ नहीं कहना चाहता। वह तुम्हारी राजनीति जाने। किन्तु इस विवाह के सम्बन्ध में तो मुझे कुछ कहना ही चाहिये।

एक कुल–वृद्ध–कहिये, देव, आप ही तो धर्मशास्त्र के मुख हैं।

पुरोहित–विवाह की विधि ने देवी ध्रुवस्वामिनी और रामगुप्त को एक भ्रान्तिपूर्ण बन्धन में बांध दिया है। धर्म का उद्देश्य इस तरह पद-दलित नहीं किया जा सकता। माता और पिता के प्रमाण के कारण से धर्म-विवाह केवल परस्पर द्वेष से नहीं टूट सकते, परन्तु यह सम्बन्ध उन प्रमाणों से भी विहीन है। और भी **(रामगुप्त को देखकर)** यह रामगुप्त मृत और प्रवृजित तो नहीं, पर गौरव से नष्ट, आचरण से पतित और कर्मों से राजकिल्विषी–क्लीव

है। ऐसी अवस्था में रामगुप्त का ध्रुवस्वामिनी पर कोई अधिकार नहीं।

रामगुप्त–(खड़ा होकर क्रोध से) मूर्ख! तुमको मृत्यु का भय नहीं।

पुरोहित–तनिक भी नहीं। ब्राह्मण केवल धर्म से भयभीत है। अन्य किसी भी शक्ति को वह तुच्छ समझता है। तुम्हारे बधिक मुझे धार्मिक सत्य कहने से रोक नहीं सकते। उन्हें बुलाओ, मैं प्रस्तुत हूं।

मन्दाकिनी–धन्य हो ब्रह्मदेव!

शिखरस्वामी–किन्तु निर्भीक पुरोहित, तुम क्लीव शब्द का प्रयोग कर रहे हो।

पुरोहित–(हंसकर) राजनीतिक दस्यु! तुम शास्त्रार्थ न करो। क्लीव! श्रीकृष्ण ने अर्जुन को क्लीव किसलिये कहा है? जिसे अपनी स्त्री को दूसरे की अंकगामिनी बनने के लिए भेजने में कुछ संकोच नहीं, वह क्लीव नहीं तो

फिर क्या है? मैं स्पष्ट कहता हूं कि धर्मशास्त्र रामगुप्त से ध्रुवस्वामिनी के मोक्ष की आज्ञा देता है।

परिषद्–अनार्य पतित और क्लीव रामगुप्त, गुप्त-साम्राज्य के पवित्र राज-सिंहासन पर बैठने का अधिकारी नहीं।

रामगुप्त–(सशंक और भयभीत-सा इधर-उधर देखकर) तुम सब पाखण्डी हो, विद्रोही हो। मैं अपने न्यायपूर्ण अधिकार को तुम्हारे जैसे कुत्तों को भौंकने पर न छोड़ दूंगा।

शिखरस्वामी–किन्तु परिषद् का विचार तो मानना होगा।

रामगुप्त–(रोने के स्वर में) शिखर! तुम भी ऐसा कहते हो? नहीं, मैं यह नहीं मानूंगा।

ध्रुवस्वामिनी–राम! तुम अभी इस दुर्ग के बाहर जाओ।

रामगुप्त–ऐं यह परिवर्तन? तो मैं सचमुच क्लीव हूं–क्या?

{रामगुप्त को चन्द्रगुप्त के पीछे जाकर कटार निकालते देखकर लोग चिल्ला उठते हैं/जब तक चन्द्रगुप्त घूमता है, तब तक एक सामन्त रामगुप्त पर प्रहार करके चन्द्रगुप्त की रक्षा कर लेता है/रामगुप्त गिर पड़ता है।}

सामन्त कुमार–राजाधिराज चन्द्रगुप्त की जय!

परिषद्–महादेवी ध्रुवस्वामिनी की जय!

(प टा क्षे प)